[著] ニト　[画] ゆーにっと

2

行き着く先は勇者か魔王か

元・廃プレイヤーが征く異世界攻略記

「……やっぱりだな。
まともに食らえば吹き飛ばされるけど、
ダメージはそこまで大きくない。
防御力様々ってわけだ」
だったら、俺が、倒せないわけがない。
「おもいっきり振り回しやがって……
お前ら、覚悟しろよ？
俺は100発殴られたって死なないからな」
そう宣言すると、オーク2体に向かって斬りかかった。

フィーリル
リステ
フェリン

行き着く先は勇者か魔王か

元・廃プレイヤーが征く異世界攻略記

2

［著］ニト　［画］ゆーにっと

WILL YOU END UP
AS A HERO OR A DEMON KING ?
FORMER GAME JUNKIES
CONQUEST IN ANOTHER WORLD

CONTENTS

第10話　ロッカー平原

ベザートの北東に位置するFランク狩場、ロッカー平原。

初めて足を踏み入れたその場所で、俺は1匹のポイズンマウスに狙いを定めていた。

(群れている感じはしないけど、近い距離にいるもう1匹が寄ってくるかどうか……)

ジリジリと摺(す)り足(あし)で近づいていくと、ポイズンマウスも俺を意識したようで、ピクッと反応してからは俺に視線を向け続けている。

ソッと少し離れたもう1匹のポイズンマウスに視線を向ければ、そちらはまだ俺を敵と判断していないのか、草に顔を突っ込んでいるのでお食事中の模様だ。

俺が見えているということは、まずポイズンマウスも見えているということ。

視界が広いと当初は喜んでいたものの、仲間が攻撃されたことに反応して、視界内でモゾモゾ動く茶色い物体が一斉に集まってくるのではないかと内心ヒヤヒヤしていた。

(そのまま単独行動していてくれれば良いんだけど……)

そう思いながらも近づくこと10mほど。

来た来たっ!

向かってきたのは1匹だけ!

しかも……おっ、おっ、遅いっ!?

ホーンラビットよりは多少速い気がするも、レベル8となった今ではもう【突進】を発動された後でも問題なく躱せるので、トスーン、トスーンと少し跳ねながら向かってくるポイズンマウスが想像以上にノロマで逆に困ってしまう。

ネズミにしては50㎝くらいと無駄に大きいからか。

地球にいる小さいネズミの方が明らかに速いくらいだ。

「あ、あ、あ、あかーーーーん！　先に剣が出ちゃうぅーー!!」

まるでスローボールを急に投げられたバッターのように……

予想とのギャップに俺の身体が我慢できず動いてしまいそうになったので、咄嗟に横振りから突きに変更。

剣術に覚えのある人間が見たら笑われるくらい不格好な体勢のまま、剣の先を正面に向けた俺とポイズンマウスが対峙し……

ポイズンマウスは躱す動作に入るも間に合わず、そのままやや中心線を逸れた状態で頭から剣に刺さっていった。


『【毒耐性】Ｌｖ1を取得しました』

『【毒耐性】Ｌｖ2を取得しました』


「ふぁ？」

グダグダな体勢だったためそのまま地面にすっ転んだ俺は、それでも結局倒せてしまったこと。

それ以上にたった1匹でいきなり【毒耐性】のスキルを得られたこと。

おまけにそのままアナウンスが連続で流れ、一気にスキルレベル2になってしまったことに驚き、立ち上がることもせずに固まってしまう。

(なんだこれ……何が起きた……？ってマズい、考えるのは後だ！　もう1匹は!?)

すぐ周囲に視線を向けると、やや近い位置にいたもう1匹は変わらず草の中に顔を突っ込んだままであり、仲間の死亡に気付いている様子はない。

ホッと一安心したのち、すぐ目の前にある死体に視線を戻す。

「あーあ、素材が頭部にある毒袋なのに、頭を刺しちゃったな……」

解体場主任のロディさん情報からすると、頭を傷つけるということは素材価値を無くすということ。

最悪は買取不可、良くて素材価値『E』や『D』を覚悟するも、とりあえず初めてなのだから一応は持ち帰ってみようと、頭、討伐部位の尻尾、そして魔石を取り出し回収する。

さすがにパルメラ大森林で慣れたため、ネズミ程度の解体でどうのこうのと思うことはない。

「一度、入口に戻るか……」

理解しきれていない現象が起きたのだ。

まずは状況を整理したい。

そう判断して安全を確保してから、ステータス画面を開いて【毒耐性】の詳細を確認した。

【毒耐性】　Ｌｖ２　毒への耐性が増加する　常時発動型　魔力消費０

詳細内容は予想していた通りか。

ただいきなりスキルレベル２と16％になっている点、これは不可解だ。

考えられるのは、ポイズンマウスが所持している【毒耐性】スキルのレベルが高い。

これくらいしか考えられないし、まずこの予想で間違いないだろう。

となると、かなり熱いかもしれない……

毒持ちの魔物なんてまず間違いなく今後も出てくるだろうし、毒は魔物の専売特許というわけでもない。

人の悪意や攻撃手段としての毒もそうだし、食事にあたったり病気を防いだりしてくれる可能性だって十分ある。

にも拘(かか)わらず、魔力消費なしで常時発動してくれるのだ。

解毒ポーションの持参が推奨されるということは、パッと思いつく毒の強弱というより、確率で阻害してくれるパターンなのかもしれないけど。

どちらにせよ、これほど身の安全に大きな影響を与えてくれるお守りのようなスキルは、探してもそう見つかるものではない。

にも拘わらず、得られる魔物は予想以上に弱く、そして数もそれなりに多いとなれば――

「おいおい、ここはボーナスステージかよ」

思わずそう呟いてしまうほど、激熱な狩場にしか見えなかった。

まずはもう数匹ポイズンマウスを倒して、【毒耐性】スキルの経験値がどのくらい伸びるかを確認。

何気にボーナス能力値が『防御力』っていうところも、次のルルブの森を見据えれば伸ばせるだけ伸ばしたいし……

乱獲を前提にどこまで粘るか。

その目標でも定めながら、もう1種のエアマンティスも探していこうか。

▽▼▽▼▽

休憩を挟みつつも走り回りながらポイズンマウスを4匹倒した俺は、こいつの【毒耐性】スキルがレベル4であることを確信した。

なぜか?

それはスキルレベルが3に上がってから、1匹当たりの上昇値が20%になったからだ。

これで未取得状態からスキルレベル1を取得する時の、パルメラ大森林と同じ上昇率に入ったことが分かる。

あくまでパルメラ大森林の魔物がスキルレベル1を所持していたらという仮定の話ではあるけれ

ど、最低位狩場と言ってもいい場所の魔物が揃ってスキルレベル2とか3なんてことは有り得ないと思うので、まずあそこの魔物はスキルレベル1と断定しておいても問題はないだろう。

となると、だ。

ここで普通に狩っていても、まずスキルレベル5くらいなら簡単に上がる。

スキルレベル4になってからの上昇率は一律で1匹2％に切り替わったので、レベル毎の必要経験値は等倍に上がっているわけではなさそうだが……

それでもスキルレベル4所持の魔物となれば、1匹当たりのスキル経験値量が多く設定されているようだし、何より魔物の見つけやすさ、そして数が違う。

はっきり言って楽勝だ。

となると最低でもスキルレベル6。

欲を言えばスキルレベル7くらいまで上げられるなら上げておきたいところだな。

というのも初のレベル4スキルを取得して、ボーナス能力値の上昇パターンに変化が起きた。

今まではレベル1が対応能力値＋1、レベル2が対応能力値＋2、レベル3が対応能力値＋3と、レベルと能力値が同じ数値で上がっていたわけだが、レベル4になって対応能力値、つまり今回の【毒耐性】で言えば『防御力』が＋5上昇した。

となると、スキルレベルが上がれば上がるほどボーナス能力値の上昇幅が増える可能性もあるので、高レベルスキルを所持している魔物は尚更に粘った方が後々かなり楽をできると予想している。

いや～ポイズンマウス良いねぇ……凄く良い。

毒持ちの生物が、自分の毒で死ぬなんて話はまず聞いたことがない。

それなのに自分の体内に毒袋を持っているんだから、ある程度の毒耐性を所持しているのは当たり前なのかもしれない。

そしてエアマンティスも２匹倒したわけだが、こいつも想像以上に大したことがなかった。

身体が緑色で、がっつり草に紛れた保護色になっているから見分けはつきにくいが、【気配察知】を使用しながら視界に入るポイズンマウスを狩っていると、草むらの中で動く何かを察知することがある。

気配だけでエアマンティスかまでは分からないが、目で追うとデカいカマキリの頭がひょっこり草むらから出ているので、そちらに向かって【突進】。

そうすれば風魔法を撃たれる前に封殺できたので、まったく脅威とも思わない楽勝な敵に認定されている。

もうちょっと、ポイズンマウスと戦っている最中に風魔法の横槍が入るとか、警戒していたんだけどなぁ……

所詮はＦランクの魔物だからだろうか？

それともスキルのレベル上げを目的に、パルメラ大森林で粘って狩りをし続けていたから？

ロッカー平原の拍子抜けする楽勝っぷりに、自分が調子に乗ってしまいそうで怖くなる。

――そしてこれなら楽勝だと、Ｅランク狩場に挑んで殺される。

パイサーさんの息子さんが辿ってしまった道ってこんな内容なのでは？

そう思うと考え方も慎重になってくるので、スキルレベルを目標値に上げるまでは次の狩場に行かないというマイルールを作ってしっかり守っていこうと思う。

自身のなんとなくの強さや魔物との戦いの感触より、スキルレベル基準で狩場を移動していった方が効率的、かつ安全に成長していける気がするしね。

【風魔法】は最低でもスキルレベル3まで。

【毒耐性】は最低でもスキルレベル6まで。

まずはこの辺りまで粘ってから、どうするかを考える。

そう決めながら、俺は先ほどから手にしたまま口に運ぶことを躊躇(ためら)っていた携帯食。

俺が勝手に命名した『馬糞(ばふん)モドキ』を口にした。

▽　▼　▽　▼　▽

「おう！　無事戻ってきたようだな」

「初遠征だったのでかなり疲れました……けど思っていたより魔物が弱くてビックリしましたよ」

「ふはは っ！　だから言っただろう？　お前ならまず大丈夫だって。あそこはパルメラに毛が生えた程度の場所だからな。危ないのはエアマンティスの魔法くらいだ。で、素材は――大型の籠で丁度半分くらいってところか」

「魔物は弱いんですけど、見晴らしが良過ぎるのは僕にとって問題ですね。籠をどこかに置くことができなかったので後半失速しちゃいました」

携帯食を無理やり飲み込んだ後の後半戦は、あまり討伐数を伸ばせなかった。

決してマズ過ぎて腹を壊したとか、そういうことではない。

いや、マズ過ぎたのは事実だが……

単純に素材が重くて、広範囲を自由に動き回れなかったからだ。

討伐部位であるエアマンティスの頭やポイズンマウスの尻尾はそうでもないのだが、ポイズンマウスの頭部がそれなりに重く、数もこなせるため後半の肩と腰に大きな負担がかかる。

それに魔石も一つ一つは小さいものの、石であることには変わりないので積もればそれなりの重さになってしまう。

籠の3分の1程度が埋まった辺りで背負いながら走り回ることを諦めた結果、周りの敵を狩り尽くしてしまい効率が急激に低下してしまった。

「あそこは草と魔物と多少の岩くらいで、まともな木すら生えていない場所だからな……だから行くやつらは普通、専用の荷物持ちを連れていく。お前も見ただろう？」

「見かけた全部のパーティにいましたね」

最初にいた4つのパーティも、後から現れたパーティも。

必ずジンク君達（たち）のパーティでいうポッタ君のような存在がいた。

籠を持ち、荷物を一手に引き受け、一度の遠征で得られる素材量、報酬額を引き上げる存在。

「ただまぁロキはソロでこれだろ？　だったら十分過ぎるくらいだ。普通は3～4人のパーティを組んで素材量は籠の半分から3分の2程度。満杯にしてくるやつらなんか滅多にいねぇ」

そう言いながら素材の確認に入るロディさんの手元を見つつ、考える。

（結局はソロしかないよなぁ……）

自分で無理をしているとは思わないが、狩場を走って移動しているのなんて俺だけだった。

ゲームのように都合良く目の前でリポップするなんてことはなく、周囲の魔物を綺麗に倒せば、次は生息している別の場所まで移動しなくてはならない。

仮に1人荷物持ちを雇ったとして、その荷物持ちが狩場移動で走れなければあまり意味がないのだ。

が……ポッタ君を見る限り、籠に荷物が大量に入った状態で走り回るというのは現実的でないことくらいなんとなく予想がつく。

となると得られる経験値が減り、報酬も半分になるその手は俺にとって無駄でしかない選択になる。

それにそもそもの考え方として、他のパーティは慎重なのか。

それとも日々の生活費が賄えれば問題ないと思っているのか。

遠目に見ている限りは、ゆっくりとマイペースに魔物を狩っていたように思える。

ロッカー平原で数年狩り続けているような人なら無理もしないだろうし、最悪エアマンティスの魔法で致命傷を受ける可能性もあるのだから、当然と言えば当然なのかもしれない。

元の世界の仕事だって同じだ。

安定した生活の中で何年も同じことをやって慣れてくれれば、日々のルーティンワークで最低限やるべき決まり事だけをやり、自ら仕事量を増やすようなこと、リスクの増すようなことをやる人間は少なくなる。

（あとは目標があるかないか、だよな……）

俺はステータス画面が確認できるから、あと何匹倒せば次のスキルレベルに。

1日このペースで倒せば何日後にはレベルが上げられるという目標が立てられる。

しかしそんなモノが見られない人達にとってはまさに手探りだ。

女神様も数値化はされていないと言っていたように、努力に対しての見返りが、まるで雲を摑むように判断できていない。

やれば伸びる。

頑張れば成長する。

そんな話を周りから聞かされたとしても、どれほど頑張ればどのような成果が得られるのか。目に見える形で分からなければ人間やる気など中々出ないし、出てもそれを継続させるのはかなり難しいだろう。

そう考えると、モチベーションを高めるという意味では、この『ステータス画面を見られる』というスキルはかなり優秀だなと感じる。

「よし、終わりだ。ポイズンマウスは全部で21匹、うち1匹は頭に剣がぶっ刺さって肝心の毒袋が切れちまってるから報酬は無し。

逆に残りの20匹は素材ランク『A』で問題ない。あとはエアマンティスが4匹分だな。確認してくれ」

そう言って木板を渡してくるロディさん。

「やっぱりあの1匹はダメでしたか。たぶんそうかなーとは思ってたんですけどね」

「頬の奥に毒袋があるのに、あそこまでぶっ刺したらどうにもならねーぞ。最初の1匹目か？」

「ですね。想像以上に動きが遅くて手元が狂いました」

「ポイズンマウスの動きがもう遅く感じるか……となるとルルブも、いや、あそこは速さだけでなんとかなる場所じゃないから、まだ止めた方がいいだろうな」

「オークとかどう考えてもパワー系ですよね？」

「ああ、お前の体格じゃ防御しようが関係なく吹っ飛ばされるぞ。ロッカー平原とは別物だから気軽に行こうと思うなよ？　この辺じゃ一番死亡率が高いからな」

「うへぇ……ロッカー平原で満足するまで強くならないと行きませんよ。まだ死にたくありませんから」

「そいつが一番だ。あとはいい加減パーティ組むことも考えとけよ？　ロッカー平原ならたまに1人で行くやつもいなくはないが、ルルブは1人で行ったんじゃ大した金にもならないぞ？」

「そうなんですか？」

「あそこで一番金になるのはオークの肉だからな」

「あーなるほど。運べる量の問題で1人じゃどうにもなりませんね」

「そういうことだ。魔石や討伐部位だけなら稼ぎはロッカー平原以下になるだろうし、それならわざわざ危険を冒して行く必要もないだろう?」

「ですよね……しっかり考えてみます」

そう言ってロディさんと別れ、一応ロッカー平原初日ということもあるので、そのままアマンダさんのところに向かう。

自分で電卓を叩けば報酬は割り出せるだろうけど、この動きでどれほどの収入を得られるのか。具体的な金額くらいは把握しておきたい。

「アマンダさん、これお願いします」

「あら、珍しいわね?って、これロッカー平原の魔物じゃない」

「ええ、どんなものかなーと思いまして」

「そう。やっとパーティ組んだのね。誰と組んだの?」

「ん? いや、1人ですが?」

「え?」

「え?」

「……ロキ君、私になんて言ったか覚えてる? ロッカー平原へ行くことになったらパーティは考えると、そう言っていたわよね?」

「え、ええ……考えた結果、まだソロでいいかなーと……」

「はぁ……まぁ1人でこれだけ狩ってこられるなら文句は言いません。ただし! ルルブの森は無理ですからね！　今のうちからパーティ探しておきなさいよ！」

「さっきロディさんにも言われましたよ……報酬の面でも下がるだろうって」

「そうよ！　ロッカー平原だって今ソロで行っているのはロキ君くらいよ？　せめて荷物持ちくらい雇えば戦闘にも集中できるでしょうに！」

「うーん、ちなみにずっと走り続けられる荷物持ちの方なんています？」

「いるわけないでしょ！」

「ですよね～となると結局ソロになっちゃうんですよ。狩場を走って移動しているので」

「……精算しますのでちょっと待ってなさい」

ふぅ～アマンダさんに捕まるといつも大変だ。

とりあえずお食事処のおばちゃんに声を掛けて、串肉と果実水冷たいバージョンを購入。

椅子に座って一息吐きながら、なんとなく他のハンター達を見ていると、今日ロッカー平原で見かけたパーティがいることに気が付いた。

（剣を持った人と槍を持った人、あとは荷物持ちの人の3人組か……）

「アデントさーん、精算終わりましたよ～」

そんな間延びした若い受付嬢の声に立ち上がったのは槍を持った人。

どうやらあの人がパーティのリーダーらしい。

精算し終わったお金を受け取ると、すぐに戻ってきてその場で分配を開始。

ジンク君達もそうだったし、パーティの基本の流れがこの場での分配なのだろう。

「全部で124400ビーケだ！　今日は中々調子良かったな！」

「つーと……1人いくらだ？」

「計算してもらってきたぞ。1人41400ビーケでちょっとだけ余るらしい」

「おっ！　いいねぇ。これで3日間はゆっくりできそうだ」

「いや、せめて休みは2日にしましょうや。自分買いたいものがあるんすよ」

「じゃあ2日間休みにして次は3日後でいいか？　俺もちゃんと蓄えを作っておきたいしな」

「しゃーねぇ。その分、良い酒が飲めると思って良しとするか」

（これはこれで勉強になるなぁ……）

今の俺の生活だと、1日当たり5000～6000ビーケもあれば事足りる。

たぶん宿を安宿に替え、食事をもう少し質素にすれば4000ビーケくらいでもなんとかなるだろう。

それが庶民の標準くらいだとすると、この世界の人は1日1万ビーケくらいの収入を目安に生活していそうな気がするな。

日本と違って保険や年金も無いだろうから、病気や老後のことを考えればやや不安は残るが、病気になったら潔く死ぬ。

老後を考えるほど長生きを想定していないとなれば、そのくらいで十分なのかもしれない。

「ロキ君、終わったわよ」

そんなことを考えていたらアマンダさんから呼ばれたので、受付カウンターへ向かう。

「今日の報酬は155900ビーケです……さらに増えたわね」

「ですね……あ、こっちに持ってきちゃいましたけど、そのまま預けることってできます？」

「もちろん。危ないし、こんな金額を常日頃から持ち歩かない方がいいわね」

ふーむ……

見つけやすいポイズンマウスを片っ端から倒してたので、エアマンティスの討伐は4匹だけだった。

しかも今日は不慣れな初日だから、慣れればもう少し討伐できる数だって増えるかもしれない。

そういった伸びしろを抱えた状態でこの報酬額か……

日本だと考えられないくらい高い報酬だ。

命を張っているからと言われればその通りかもしれないけど、サラリーマン時代も過労死という言葉がチラついていたので、そういう意味ではどちらも似たようなものかもしれない。

（頑張れば報われる……凄い世界だよほんと）

このペースなら、最初は別世界と思っていた高級装備だって十分手が届く。

そう思えばさらにやる気も漲り、まずは貯金1000万ビーケと意気込みながら宿屋へ帰還した。

▽　▼　▽　▼　▽

ロッカー平原で狩り始めてから4日目の昼時。

背中を守れるよう小岩にもたれ掛かり、前方を広く見渡しながら、俺は宿屋の女将(おかみ)さんに作ってもらったサンドイッチを頬張っていた。

初日が終わってから早速交渉したお弁当の話は無事纏(まと)まり、1食1000ビーケでもいいなら作ってあげるという提案に即答で了承。

もちろん携帯食よりは高いものの、あの馬糞モドキから解放されることを考えれば、この程度の金額など安いものだ。

コッペパンよりもやや大きく丸いパンの間に、何かの葉っぱと卵、それにハムを挟んだものが2つ。

どう考えても朝食セットがそのまま1つに纏まっただけだが、美味(うま)いんだから女将さんには感謝しかない。

(あぁ～ついでにコーヒーも飲みたいなぁ……この世界にはコーヒー豆なんてあるのかな?)

そんなことを考えながらもチラリと横目で籠を見る。

さて、どうしたものか……

ものは試しと、今日は周囲に人気がまったく見られないほど奥地まで入ってみたが、やはり見晴らしのいい草原という景色は変わらず。

そして昨日も今日も、午前中のうちには籠の半分くらいまで魔物の素材で埋まっていた。

ここまで溜(た)まるともう狩場を走っての移動は難しく、ここからが極端に効率の落ちる時間帯だ。

かと言って一度ベザートの町に戻れば往復2時間コース。

再度戻ってくる時は走って多少時間短縮できたとしても、1日4時間も移動に使って2便の態勢を作るのはさすがにハード過ぎるだろう。

何より担ぐだけなら問題ないのに、籠が半分の状態で町へ帰るというのが、どうにも効率厨としては釈然としない。

（ここら辺まで奥に入れば人に奪われることはないだろうけど、魔物って共食いするんだもんなぁ……）

昨日気付いた事実。

帰るために通った道を引き返していたら、ポイズンマウスが狩られて死体となった同族を食べている光景が目についた。

その時はラッキーとばかりに追加でもう1匹狩らせてもらったが、同族でも食うというのが分かった時点で、小岩の上に籠を置いての定点狩りというのも現実的ではなくなってしまった。

戻ってきて素材を食われていたら、怒りでそのネズミ野郎を20回は刺してしまいそうである。

（人も魔物も届かなそうな場所……自分で土をガッツリ盛るか？　一度作っちゃえば再利用できたりなんかしちゃったりして）

スコップなんて売ってたかな？

ネズミも登れないような急斜面の山を作るなんてそう簡単じゃないよなぁ。

そう思いながら、なんとなく足の先を地面にトントンしながら願望を呟いてしまった。

「土よ盛れ～……なんつって」

モコッ。

「…………」

思わず食べかけのサンドイッチを落としそうになる俺。

よく見なくても、足先で叩いた地面は30㎝ほど隆起していた。

決して元からあったわけではない。

トントンしたら、ほんの僅かに足先が青紫色に光り、地面がモコッと盛り上がっていく様を俺は確かに見ていたのだ。

ソッとステータス画面を開き、魔力量を確認する。

魔力量：112／114（58＋6＋装備付与50）

「魔力、減ってるがな……」

しかし昼食前には【突進】スキルを2回ほど使っている。

なので念のため……

トントン――

『土よ盛れ～……』

モコッ。

「マジかよ!?」

もう一度ステータス画面を開けば、１１０／１１４（58＋６＋装備付与50）となっており、明らかに魔力が減っている。

つまり魔法を行使したということだ。

そして忘れたい記憶。

【火魔法】を取得した後の嫌な光景が思い浮かぶ。

あの時は散々試してダメだったのになぜ……

あの時やっていなくて今やったことは……ま、まさか!?

「きっかけは『手』じゃなくて『足』だと!?」

そんな馬鹿なとは思うものの、事実魔法が発動しているのだから安易に否定もできない。

この世界はなんて不格好な方法で魔法を放つんだとボヤきたくなるが、それでも飯なんか食ってる場合じゃねぇとばかりに、サンドイッチを口の中に頬張り水筒の水で流し込む。

（大変だ大変だ大変だ……なんだ？　どうする？　何から試す？　まずは――）

いろいろな思考が頭を駆け巡る中、真っ先に試したのは魔力量を増やすという選択。

トントントン！

『土よ……いっぱい盛れ！』

ズゴゴゴッ……

「ふぉあ!?」

そして起きた事象に、俺は思わず頭を抱えてしまう。

目の前には見上げるほどの、自分の倍くらいは高さのある小山が出来上がっていた。

「消費魔力は――、これで『19』か。というか『19』でこれか……」

思いがけないタイミングで発動してしまった人生初の魔法。

興奮と喜びで打ち震えてしまう。

「凄い……凄い凄い凄いっ！　凄いぞ魔法ッ!!」

軽く触ってみるとただ土を盛っただけという感じだが、この高さなら戦闘時の壁としては十分役に立ちそうだな。

ただこれだとポイズンマウスが登ってくるかもしれない。

そう考えた俺は次の手を試す。

イメージするのは神殿とかにありそうな石柱だ。

トントントン。

『石柱を生成！』

ズズズッ……

「あら、これだと思っていたよりショボい……硬くしたことが原因か？」

足元には確かに石柱ができたけど、高さ50㎝、直径30㎝ほどと大きさがなんとも微妙である。

「これで消費魔力が『9』……ということはレベル1でできる範囲の魔法を行使したってこと。そしてさっきの『19』がレベル2の範囲で行使したってことか」

魔力消費から行使した魔法の度合いは分かるものの、その振り分け、つまりどうすればレベル2

やレベル3の魔法を行使できるのかがよく分からない。
（違いは……『いっぱい』って言ったことだろうか？　そんな単純な話？）
疑問ばかりだけどまだ魔力はある。
ここに来て、ショートソードの『魔力上昇』が光り輝いている。
ならば。
トントントン！
『石柱をいっぱい生成！』
ボコボコボコッ！
（ですよねー……）
魔力消費『19』で出来上がったのは、いっぱいの石柱。
つまり目の前には、先ほどの大きさの石柱が3本追加でできただけであった。
これじゃない感が凄まじい。
（ということは、こんなのが正解か……？）
トントントン。
『長く太い石柱を1本生成！』
うーん……
何も反応がないし、魔力すら消費されていない。
（駄目か。それなら……）

トントントン。

『長い石柱を生成！』

ズズズズズッ……

「おぉ！」

これでやっと魔力消費『19』。

自分の背丈より気持ち高いくらいの石柱が1本生成される。

そしてかなり感覚的ではあるが、魔法詠唱のポイントがなんとなく分かってくる。

それはキーとなるワードをいくつ使うか。

『石柱』を『生成』であれば、具現化したい現象の元となる2つのワードを使っていることになり、このパターンだとレベル1。

つまり最大でも魔力消費9止まりのショボい魔法が発動するような気がする。

そしてここからさらに、『長い』『太い』『いっぱい』など、追加の要素を加えることによって3つのワードを使ったことになり、それがレベル2の魔法行使にランクアップしているような気がするのだ。

となると、とりあえず試せるのはこれで最後。

目の前にある1．5mほどの石柱の上に籠を置く。

そしてその石柱の根元を見ながら発動。

トントントン――

『長い、石柱を、生成！』

ズズズズズッ……

「おぉおお！　コレよコレ！　成功だ!!」

出来上がったのは籠を載せた石柱の下にもう1つの石柱が作られ、まるで1本のようになった高さ3mほどの柱。

まさに理想。

蹴っても重さがあるからか、安定していてビクともしないし、これなら魔物だろうが人だろうが、その上にある素材入りの籠に手を出すのは簡単じゃないはずだ。

おまけにだだっ広い草原のような場所に1本だけ立つ石柱なので、かなり目立っていい目印にもなる。

これで定点狩り用のポイント作りは完成だ。

あとは周りを狩り尽くせば次の場所へ行き、同じように石柱を生成して拠点化していけば良い。

難点はパルメラでのハンター歴が長く、フーリーモールから【土魔法】をしっかり取得している人間だと同じことができてしまう可能性も高そうだが――

これだけ広いのだ。

奥に入れば人はまったく見かけなくなるわけだし、もし明らかに怪しい動きをする輩が視界に入ったら、速やかに場所を変えるなどの対処をすれば問題ないだろう。

ある程度は割り切らないと定点狩りのメリットを享受できなくなる。

ふふふ……ふはははは——っ！

これで素材こんもりじゃーーい!!

（よし、それじゃ一旦下ろして……あれ……この石柱、消せるのかな？）

とんでもないことに気付いたのは、もう魔力も尽きかけた最後の最後だった。

第11話　パーティ勧誘

　自分で作った高さ３ｍほどの石柱と、その上に鎮座する素材入りの籠。

　誰も手の届かないところに籠を持ち上げたいという願いは見事に叶(かな)ったものの、自分も届かないというシャレにならない状況になってしまっていた。

　魔力が緊急時用の【突進】１回分程度しかなくなり、石柱を消せるのか消せないのか試すこともできず、半べそになりながら定点狩りを開始。

　夕方になって魔力がある程度回復したところで、『石柱を消せ』『石柱を砂に変えろ』と、魔法行使を行ってみたもののそれぞれ不発で。

　結局石柱の根元に魔法行使で土を盛り、無理やりバランスを崩して石柱を倒すという方法でなんとか籠を回収することには成功した。

　一度石柱――、というより石にしたら、自力で戻せないというのは予想外で焦ったが……まぁ良い勉強にもなったな。

　ちなみにベザートへ帰る途中、魔力を残すのはもったいないといろいろ試した結果、盛った土を減らすことは簡単にできた。

　つまり地面に穴を開けるという作業も、魔法を使えばそう難しいことではない。

　そしてなぜか、手を以前のような拳銃の形にし、『火よ、灯(とも)れ』と試しに呟(つぶや)いてみたら、指先に青紫の霧が発生した直後にマッチのような火が灯ることも確認。

これで足で魔法を発動するという謎ルールから解き放たれたのは良かったものの、なぜあの時【火魔法】は発動しなかったのかという疑問が残ってしまった。

あの時できなくて今できること。

思い返してみても、いろいろあり過ぎて答えがさっぱり分からない。

理由として濃厚なのは女神様と会ったことのような気もするけど、じゃあこの世界の魔法使いは皆女神様に直接会ってるのか？　となれば違うだろうし、謎は深まるばかりである。

まぁ今は発動できている。

ここが物凄く重要だ。

なんせ俺は【火魔法】【土魔法】、そして今日獲得した【風魔法】も使うことができる。

【風魔法】は試してみた結果、自分の顔に弱い風を当てて燃費の悪い扇風機代わりにすることができるし、エアマンティスのような、見えない風刃を飛ばすことだってできてしまう。

まだレベル1だから、飛距離は10m辺りを超えると木の皮すら剝けないくらいに、途中で空気に溶けこんでしまっているっぽいけど……

ちょっと高いところにある果物なら、この風を使って落とすこともできるだろう。

土壁を作って寝床を確保する。

火を使って獲物を焼く。

風を使って取れない場所の食べ物を収穫する。

なんだか攻撃魔法というよりは生活基盤を作るための魔法になってしまっているが、あとは【水魔法】を取得できれば、どこかの狩場に引き籠っても安定した暮らしができそうでワクワクしてしまうな。

まぁそれでも、【水魔法】にスキルポイントを振るなんて勿体ないことは絶対にしないだろうけど。

現状ではスキルポイントのリセットができるような話は聞かず、かつ入手方法はレベルアップ時のみと限定的。

兎にも角にもこのスキルポイントは希少なのだ。

それなら探してでも【水魔法】持ちの魔物を倒して入手すべきだし、スキルポイントは魔物からではどうにも得られなそうなスキル。

もしくは早期に得られることで、世界が劇的に変わるようなスキルに全ツッパするのが正解だろう。

その取り返しがつかない数ポイントのために、ゲームならば数年後にキャラを止むなく作り直すようなやつだって実際にいたのだ。

最強を目指すならば、本来は1ポイントだって無駄にできない。

そう考えると、【異言語理解】は生きるためにしょうがなかったとしても、【火魔法】のポイントなんて本当なら今すぐにでも返してほしいくらいで……

「おーい、ちょっと……ちょっと待てって」

そんなことを考えていたら、後ろから声を掛けられた。

「ん？　僕ですか？」

「そうだよ！　ちょっ！　声掛けてんだから走るなって！」

習慣にしている修行のスタミナ作り。

籠を背負っていても可能な限りはジョギング移動の影響で、後ろの人も小走りするハメになっていた。

ついてきているのは1人だけで、籠を持った人ともう1人が遥か後方でのんびり歩いているようだ。

しょうがないなぁと思いながらも徒歩に切り替える。

「それで、何か御用ですか？」

「ああ。聞きたかったんだが、お前は1人で狩っているのか？」

そう聞く男には見覚えがあった。

ハンターギルドでお金を分けていた……えーと、アテントだかアデントだかって人だ。

槍を持っているからたぶん間違いないだろう。

そして俺の顔と籠の中身とを、視線が行ったり来たりしている。

「ええ、そうですが……」

「そうか。なら良かったな？　俺はアデントという。もう1人くらい入れてもいいかなって思ってたし、俺んとこのパーティに入れてやるよ」

「はい？」

一瞬、この人が何を言っているのか理解できなかった。

もしかしたらパーティ勧誘かもという覚悟くらいはしていたが……

入れてやるよって、なぜそんな上から目線で俺は誘われているのだろうか？

もしかしたら見た目？

子供だから？

見れば目の前の兄さんは20歳前後くらいだろうか。

前に見た残りのパーティメンバーも似たような年齢だった気がする。

「すみません。1人を案じてパーティに誘っていただいたのは有難いのですが、ソロで行動するのが性に合っているのでごめんなさい」

「はぁ？　断られるとは思わなかったわ」

「え？」

「お前、つい最近ロッカー平原に来ただろ？　今まで見たことなかったしな。ロッカーなんてパーティで狩るのが常識だぞ？」

「それはアマンダさんからも聞いてますね。ただパーティの必要性をまだ感じないんですよ」

「そうやって妙な自信を持ったガキが真っ先に死んでくんだよ。先輩としては見過ごせないって言ってんだから、大人しく俺達と組んどけよ？　ギルドだって納得するはずだぜ？」

あぁ～この上なく面倒臭い……

どう考えても俺の素材目的なのが透けて見える。

そりゃこないだトータル12万ビーケくらいの報酬だったパーティが、1人加えることによってトータル30万ビーケ近い報酬になれば君達は大喜びだろうさ。

そして俺はまったく嬉しくない。

メリットが何もなく、収入、レベル経験値、スキル経験値、全てにおいて損をするし、身の安全は元からロッカー平原で死ぬことを想定していないのでプラスにもならない。

ただなぁ……

あまり突っ込むと面倒事が余計に拡大する気がしてならない。

となれば、取る方法は1つか。

「すみません。それでも当面は1人で頑張る予定ですので、ごめんなさい」

ただひたすら断る。

これに限る。

中途半端に理由を付けると、その理由を解決しようと相手も諦めが悪くなるからな。

「いや、ちょっと待てって……とりあえず止まってうちのメンバーとも話してみろって？　皆良いやつだからすぐ慣れると思うぞ？　専用の荷物持ちだっているからお前が背負うこともない！」

「大丈夫です、ごめんなさい」

「お守りなんて好んでやるやつはまずいないんだぞ？　今のうちに組まなかったら後で余計にパーティへ入りづらくなるんだぞ!?」

「覚悟してます、ごめんなさい」

「チッ……ギルドには報告しておくぞ！　後悔しても知らねーからな！」

「はい、ごめんなさい」

ふぅ……

やっと終わったか。

以前アマンダさんから受けた講習内容だと、ハンター同士のトラブルは基本自己解決。

殺す殺さないといった法に触れる内容でもない限りは、ハンターという職業柄のせいもあって多少の怪我（けが）程度は黙認だと言っていた。

だからこそ力業で来られると非常にマズい。

勝てるかどうかよりも、一度火が付くと今後の活動にまず間違いなく支障が出る。

俺はポッと出のソロ活動で、知り合いなんてほぼいない。

対して向こうはベザートの住人だろうし、それなりに長くハンターをやっているとなれば知り合いも多いだろう。

つまり彼らに味方をする人間だって多くいる可能性がある。

そんな中でトラブルなんて抱えたら、俺がベザートの町に安心して住めなくなってしまう。

ゲームだってそうだ。

ソロは柵（しがらみ）もなく気楽なものだが、その分、一度問題が発生すると立場は弱い。

四六時中ＰＫ（プレイヤーキル）を狙われるなんてことも当たり前だった。

ゲームならバッサバッサと返り討ちしていればそれで良かったが……

ここはゲームのようで現実の世界。

そんなことをしてしまえば、俺はきっと牢屋(ろうや)行きか処刑だろう。

あーもう。

ベザートの町は良い人が多いと思ってたんだけどなぁ……

これからのことを考えると憂鬱な気分になりながら、俺はベザートの町へと帰還した。

▽▼▽▼▽

その日の夜。

俺はモヤモヤした気持ちを抱えながらベッドに転がっていた。

一応解体場でロディさんに素材を卸した後、アマンダさんのところへも顔を出して、今日あったパーティ勧誘に関する内容を報告。

向こうがギルドに報告するぞと言っている以上、一方的に悪い立場にされても困るので、今はパーティの必要性がないから断ったこと。

そしてやたらと上から目線で誘われたのが気になったことを報告しておいた。

アマンダさんは誰から誘われたのか確認してきたので、アデントという槍を持った3人パーティのリーダーであることを伝えると。

「どう考えてもロキ君の戦力……というより報酬目的でしょうね。他のパーティに取られるより先に自分達がって、強引な勧誘に走ったんでしょ」

と、一蹴してくれたのでとりあえずは安心できた。

ただ今後もしつこく誘ってくる可能性があること。

断り続けると、もしかしたら嫌がらせを受ける可能性があること。

同様のことを考える他のパーティが出てくる可能性もあること。

こんなことを示唆されてしまえば、モヤモヤもするってもんである。

アマンダさんからは実力で分からせるという――古くからあるハンター達の習わしで理解させることも可能だけど、間違って殺めてしまうと大変なことになるので、相応の実力差がないとお勧めはできない。

つまり俺には向いていないとはっきり言われてしまい、代わりにギルドの方からアデントパーティには注意してくれるようだが……

それで落ち着くものかどうか。

最終的にはいつもの〝なるようになれ〟だな、もう。

目を付けられるのが嫌だからと、どこか適当なパーティに入って報酬その他を激減させるのも嫌だし、狩場をパルメラ大森林に戻すなんてこともしたくはない。

自身の成長という点では、我慢や妥協をする気など欠片もないのだからしょうがないか。

はぁ……何気なくステータス画面を開く。

名前：ロキ（間宮悠人）　レベル：9　スキルポイント残『24』　魔力量：114／114（58＋6＋装備付与50）
筋力：33（32＋1）　知力：40（33＋7）　防御力：52（31＋21）　魔法防御力：37（31＋6）
敏捷：38（31＋7）　技術：38（30＋8）　幸運：37（36＋1）
加護：無し
称号：無し
取得スキル：【棒術】Lv1　【火魔法】Lv1　【土魔法】Lv3　【風魔法】Lv1　【気配察知】Lv3　【異言語理解】Lv3　【突進】Lv3　【採取】Lv1　【狩猟】Lv1　【解体】Lv1　【神託】Lv1　【神通】Lv1　【毒耐性】Lv5

「やっとレベル9か……そこそこかかったな」

ロッカー平原に移動して、4日でレベル1の上昇。

上がり幅と敵の弱さを考えても、適性は既に超えていることが予想できる。

ロッカー平原で粘ってもレベル11か12。

そのくらいでほとんど経験値バーが動かなくなるだろうと思われるので、そこまでにどれだけスキルレベルを伸ばせるかだな。

あとは今日覚えた【風魔法】が敏捷ボーナス、いつの間にか経験値が溜まったっぽい【解体】は技術ボーナスということが分かった。

【風魔法】は詳細を見なくてもなんて書かれているか分かるからいいとして、【解体】の詳細はこのようになっている。

【解体】Ｌｖ１　解体技能が向上し、より素早く正確に解体を行うことができる　常時発動型　魔力消費０

なんというか……もうこのタイプも、スキルの中身がどんな内容なのか、ある程度予想できてしまうな。

【採取】や【狩猟】のように好んで取ることはないけど、あったらあったでちょっと嬉しい程度の内容だ。

そして数日前にスキルレベル５に上がった【毒耐性】のボーナス値が、期待通りで随分と突出してきている。

手帳のメモと比較すれば、レベル５での上昇は能力値＋10。

予想していたよりも大きい上げ幅なので、もう数日でレベル６になるだろうし、ここからさらにどれくらい上がるのかを想像すると、モヤモヤした気持ちも吹き飛んでくれる。

明日は本格的に定点狩りができるだろうし、今の魔力量を考えれば３ｍの石柱を３本か、移動中の回復も考えればもう１本２本は追加で立てられるはずだ。

3～4時間くらいで1本を目安にすれば、上手くいけば籠も満杯にできるかもしれないと思うと……ふふふっ。

最近は地のスタミナも付いてきた気がするし、丸薬もまだまだ余裕はあるから、当面はこのペースでの狩りを継続できるだろう。

そんなモヤモヤを忘れるための幸せ妄想に浸っていると、急に頭の中にノイズが走ったような感覚に陥り、思わず頭を左右に振ってしまう。

（ん？　なんだ……？）

（ロキよ……聞こえるか？　戦の女神リガルだ。こないだは見苦しい姿を見せた。皆下界の人種と直接話す機会なぞそうないものでな。我も我もと揉めているうちに【神通】の時間が終わってしまった。あの日から【神通】を使っていないようだが大丈夫か？　皆反省し、連絡が来ることを楽しみにしている。余裕があったらで構わないからいつでも連絡を寄越せ。待っているぞ）

……そういえばそんなスキルもあったなぁ。

ここ数日すっかり忘れていたよ。

というか【神託】って、与えてくれた死にかけアリシア様じゃなくてもできるんだね。

いや～ビックリビックリ。

……さて、どうするか。

魔力はベッドでショートソードを持つことになるが、それならとりあえず50以上は確保できる。

だから使おうと思えば【神通】スキルは使える。

が、前回の二の舞になるようなら、残っている魔力でマッチ程度の【火魔法】でも使い、スキル経験値を少しでも稼いでおこうと思っていたのだ。

その方が有意義な魔力の使い方だと思っていたが……

うーむ。

反省している？

本当だろうか？

あの我が強過ぎる感のある女神様達に、『後悔』や『反省』なんて言葉はなさそうに思えるが。

しかし先ほどのリガル様の言葉は、要点だけを纏めていて分かりやすく、かつたまたまかもしれないけど、こちらにとって都合の良い時間に連絡をくれているしな。

……ならやってみるか。

もう一度試してみて、それでも同じことの繰り返しなら再封印すれば良い。


――【神通】――


「もしもし？　ロキです。リガル様の【神託】を聞いたので【神通】を使いました。聞こえてますか？」

（聞こえていますよ。本日の担当を務める商売の女神リステと申します。連絡が来なかったので心配しておりました）

「これはこれはご丁寧に。ロキです、よろしくお願いします。これは言葉を口に出した方が良いのでしょうか？　それとも思うだけで良いのでしょうか？」

（【神通】は思うだけで結構ですよ。ただ慣れないとロキ君の思考が全て私達に伝わってしまうので、慣れるまでは口に出してもらっても構いません）

「おぉ、なるほど……ありがとうございます。リステ様はしっかり受け答えしてくれるので助かります」

（リステ様、凄く良い）

（（えー!!））

（良いだなんて困りましたね……それで何か聞きたいこと、困っていることはありますか？）

（口に出しても思ったこと伝わっとるがな！）

「そうですね……早速困ったことが起きましたけどそれはまぁいいとして、今日初めて魔法が使えるようになったんですよ。でも前はできなかったのに、なぜ急にできるようになったのかが分からなくて」

（スキルを取得していたのに以前はできなくて、今日はできたということですか？）

「そうです」

（となると原因はいくつか考えられますが……魔力量を満たしていなかった、所持スキルレベルに見合わない要求をした、あとは発現後のイメージを明確に持てていなかったということも考えられますね）

「ん～その辺りは問題なかったはずなんですよ」

（それ以外となれば――いや、他にそのような現象が確認されない以上は、もしかしたらロキ君だからということも有り得ますね）

「んん？」

（魔法の行使はこの世界に広く漂う精霊が、魔力という餌と引き換えに補助や代行をしております。しかし精霊から、その……認識されていない、もしくは存在を認められていなかったのかもしれません）

「あぁ、この世界の異物だから。ということは、女神様達に会って存在を認められたから使えるようになった、ってことですか？」

（その可能性は高いと思います。精霊は神の眷属ですから）

となると、あの時3人に拉致されなければ、俺は一生魔法が使えなかったかもしれないのか……

あっぶねぇ。

そして眷属にそんな指示すら出しておかない、あのどんぐり野郎ときたら……

（大丈夫ですか？）

「あ、すみません大丈夫です。例の言えないアレに文句を言っていたところでした」

（そ、そうでしたか）

「ありがとうございます、おかげでスッキリしました。なのでお礼と言いますか、今ふと思ったことですけど……」

（なんでしょう？）

「女神様達の上司、確かフェルザ様でしたでしょうか？」

（ええ。フェルザ様は私達下位神を生み出し管理されているお方ですね）

「リガル様やアリシア様がその方に相談されるようなこと言っていましたけど、もしかしたらあまり信用しない方が良いかもしれませんよ？　可能性のお話ですけどね」

（——ッ!?　ど、どういうことですか？）

「いえ、俺に謎のスキルを与えている時点で、例の言えないアレは上位神様の可能性があるわけですよね？　フェルザ様がどんな容姿をされているのか分かりませんけど……例のアレは少年、いや『男』でしたよ」

（男……）

「まぁ女神様の上司というくらいですから、姿形ですら自由に変えられるのかもしれませんが」

（…………………）

あ、時間切れだなコレ。

うーん、親切心で言ったつもりだったけど……

もしかしたら余計なこと言っちゃったかもしれないな。

まぁしかし、女神様達の上司であるフェルザ様というのがどんぐりで、どういう事情かは知らないけど俺をこの世界に呼び込んだ可能性だってあるのだ。

なんか前にリア様がこの世界は見捨てられていいるなんて言っていたから違うかもしれないし、それが原因ということも考えられる。

そしてそんな大それた話は庶民の俺が首を突っ込むべきではないので、後は女神様達に判断を委ねれば問題無いだろう。

俺は日々成長を楽しめる生活ができればそれで良い。

それにしても、だいぶ早口で喋ったとはいえ、1分ってのはやっぱり短いな。

他の女神様達にも聞こえているっぽかったけど、1対1で話せば謎のまま終わりそうだった疑問があっさり解決したんだ。

おまけに魔法の行使には精霊の力が必要なんてことまで教えてもらえた。

となるとやはり、このスキルは超が付くほど重要なのではないだろうか？

対応する女神様次第では、まさしく神スキルだと思えてくる。

……上げるか。

【神通】スキルの詳細を確認すると1／10になっていて、当然のようにスキルポイントでレベルを上げることができる。

本来は神子(みこ)しか所持できないスキル。

ということは、魔物が所持している可能性は無しと判断しても良いだろう。

うん、なら尚更(なおさら)に上げる価値があるなコレ。

よし、いっとこう。

（スキルポイントを『4』振って【神通】スキルをレベル2に……）

『【神通】Ｌｖ２を取得しました』

【神通】Ｌｖ２　職業〈神子〉専用加護スキル　女神達と意思の疎通を図ることができる　使用条件１日に１度のみ　使用制限時間２分　魔力消費60

魔力消費が増えたのは痛いけど、レベル２で会話時間が２分か。

残りスキルポイントは20ポイントだから、あともう１つ上げようと思えば上げられるが……

とりあえずここで止めて様子を見てみることにしよう。

次は12ポイントで結構重いしね。

そして魔力ボーナスは、と。

（おっ？　いきなり＋14になっているし）

ということはこれだけで＋８上昇か。

ふむふむ……

どうも【神託】と【神通】でボーナス値が違うような気もするけど、一応これもメモに残しておくか。

そう判断して、手帳を取ろうとベッドから立ち上がった時。

——それは急に来た。

（んぐッ!?……なんだこの倦怠感……眠気……？……ダメだ、立ってられ……な……い………）

そして意識が混濁したまま、俺はベッドの上で気を失った。


翌朝。

普通に起床した俺はベッドに腰かけながら首を捻る。

昨日の急な倦怠感と眠気はなんだったのか？

起きてすぐに、どこか調子が悪いところはないかと確認してみたものの、疲労による身体の怠さが多少残っているくらいで、この感覚はいつもと大して変わらないことが分かる。

ん～昨日は【神通】スキルを使ってリステ様と話した後に、手帳を取ろうとベッドから立ち上がって――

その時ふと、ベッドの脇に転がっていたショートソードが目に入った。

「あっ、これのせいか？」

すぐステータス画面を開くと、現在の魔力は61／72（58＋14）となっておりある程度まで回復している。

そして落ちているショートソードを拾い上げると111／122（58＋14＋装備付与50）となる。

魔力が全回復していないのは珍しいが、ここまでは問題ない。

それどころか、付与による魔力上昇が最低値だけではなく、すぐに使用できる魔力も上昇するところは親切なくらいだろう。

ただし、昨日のようにショートソードで無理やり使える魔力を上げてその魔力も消費し、その上でショートソードを手放したらどうなるか。

つまり魔力がマイナス状態になってしまうと、俺の身体はどうなってしまうのか。

その結果が昨日の急激な倦怠感と眠気なのではないだろうか？

（今試すと1日潰れそうだからやらないけど、狩場でやらかしたらいきなり寝込んで死ぬパターンだな、これ……）

超あぶねぇ。

ロッカー平原では死なないだろうと思っていたら、死ぬパターンもちゃんとあるし！

ワープしたようにいつの間にか朝になっていたことからも、俺は昨夜から冬眠のように深く眠り込んでいたことが予想される。

こんな状態でネズミに齧られたって、最低限魔力がマイナス域を抜けるまでは起きない可能性もあるよなぁ……

うん、付与分の魔力50はよほどの緊急時以外使わないようにしよう。

そう心に決めた俺は、顔を洗って朝食を摂り、お弁当を受け取ったらすぐにハンターギルドへと向かった。

するとめずら珍しい光景が。

「おっ！　初の緊急依頼だ」

籠を受け取る前に依頼ボードを確認した俺は、初の緊急依頼が出ていることに少し興奮してしまう。

常時討伐依頼の下にもう1枚の木板が掛けられており、ハンターの討伐数が増加しているため、ポイズンマウスが増殖している可能性がある。

よって1匹当たりの討伐報酬を1200ビーケから1500ビーケに引き上げること。

終了時期は未定で、突発的に終わらせる可能性があるという旨が記載されていた。

一応初めてなのでアマンダさんに内容を確認すると、そのまま木板に書かれている通りのようで。

ハンターが1日で狩ってくるポイズンマウスの討伐総量が通常よりも多いらしく、まだ農作物に被害が出始めているわけではないが、早めに総数を減らす対策が取られたということらしい。

これって俺が乱獲しているせいでは……？

内心そう思うも、報酬が増えることにこれっぽっちも文句はないしね。

わざわざ自分から言うことでもないので、とりあえずは黙っておこうと思います！

そんなこんなでロディさんのところで籠を受け取り、ベザートの北門出口へ。

習慣になってきた小型フランクフルトを2本購入し、ジョギングしながらロッカー平原へと向かった。

▽　▼　▽　▼　▽

なぜかギルドからついてきている3人組と共に――。

ロッカー平原に入ってからは奥へ奥へと、視界に入るポイズンマウス、【気配察知】で動きを感じたエアマンティスを狩りながら進んでいく。

最初のうちは籠が軽いので、背負ったままでも問題ない。

ひたすら走りながらの移動だ。

後方をチラリと見れば、既に疲れが見える足取りながらも、まだついてこようとする3人組——アデント達を確認することができる。

「はぁ……」

最初に道案内代わりにストーカーしていたのは俺なので、あまりどうのこうのは言えないが。

それでも勘弁してくれとは思ってしまう。

移動狩りする姿を見られるのは良いとしても、石柱を作っての定点狩りはあまり見られたくない。

しかし気にして止めるという選択肢もないので、ついてこられないようペースを上げながら、他のパーティがまず入り込まないエリアまで進んでいく。

(はっ……はぁ……ただ……現実的には……無理だよねぇ……)

こちらは狩りをしながらの移動なので、どんどん籠の重量が増していく。

加えて狩る度に解体して魔石や討伐部位、素材の回収を行っているので、何もせずただついてくるだけの3人組を撒くことなんてできるわけもなかった。

それなりに慣れて体力がついてきたとは言っても、向こうだって現役のハンター達なのだから。

籠が3分の1以上になり、既に周りで狩るハンターが見られない辺りまで入ったところで、俺は諦めて足を止める。

というかこの重量ではもう走りながらの移動狩りはかなり厳しい。

「はぁ……はぁ……いつまで、ついてくるつもりですか……?」

「ぜはぁ……ふはぁ……な、なに勘違いして……やがんだよ……」

「そ、そうだぜ……ふぅ……ふぅ……俺達は……ただ狩場に移動している……だけだぜ……?」

「そう……そ……ウェッ……」

「ふぅ……そうですか。その狩場はまだ先ですか? それともこの辺りですか?」

「はぁ……はぁ……なんでそんなこと……お前に教えなくちゃ……ならないんだよ……」

「効率が悪くなるのだから当然でしょう? あなた方がこの辺りで狩るなら僕は移動しますし、もっと先に行かれるなら僕はこの辺りで狩りますし。どうなんです?」

「そ、そんなの……ふはぁ……気分次第って、なぁ……」

はぁ……ダメだなこりゃ。

ただ子供の身を案じてということなら、今までの移動狩りで1人でもやれることは十分理解したはずだ。

それでもついてくる上に、目的が俺の付近にいることとなれば……もう嫌がらせしかないか。

でもわざわざ自らの報酬を減らしてまでやることなのだろうか？

彼らは今のところただついてくるだけで、1匹も魔物を倒した様子はない。

それこそ彼らにとっては無駄過ぎる行動だ。

他に目的があるのかな……

まさか、散々倒した後に俺の籠を奪取……？

彼らを見れば、背丈は170㎝〜180㎝ほど。

明らかに今の自分より頭1つ分以上は大きい。

無理やり奪おうと思えば3m近いところに籠を上げても、肩車をするなりして槍で突けば籠を落とせそうな気もしてしまうし、この中に【土魔法】取得者がいるだけで奪われる可能性が大きく上がる。

（もう1本追加して、石柱を5m近くまで伸ばしたらなんとかなるか……？　いやしかし、バランスが……）

不安は残るも、こんなどうしようもないやつらに振り回されて効率を落とすのは御免だ。

――その時ふと、昨日の石柱作り。

そして昨夜のリステ様とのやり取りを思い出す。

俺は魔力消費『19』の石柱を2本重ねた。

ということはスキルレベル2の【土魔法】を2回発動して3mの石柱を作ったということだ。

しかし俺の【土魔法】はレベル3。

つまりもう1段階上の魔力消費『29』まで、魔法が発動できるはずなのだ。

そしてリステ様が言っていた、スキルレベルに見合わない要求――。

スキルレベル1が具現化するための重要なワードは2つ。

成功したのは『石柱を生成』。

スキルレベル2が具現化するための重要なワードは3つ。

成功したのは『長い石柱を生成』。

そして、失敗したのが『長く太い石柱を1本生成』。

しかしこの要求は、よくよく考えれば重要ワードが5つとも判断できそうで、そうなると本来スキルレベル4じゃないと発動しないという理屈が通ってしまいそうな気もする。

ならば……

諦めた俺は、アデント達の目の前で魔法を発動する。

『長い、石柱を、生成』

「「えっ？」」

ズズズズズッ……

昨日見た1．5mほどの石柱が1本出来上がるので、その上に籠を置く。

定点狩りには必須とも言える、大きいサイズの革袋を籠から抜くことも忘れない。

そして問題はここからだ。

石柱が立つ地面を見ながら呟く。

『深く、長い、石柱を、生成』

ズズズズズズズズズッ……

「「「えええええっ!?」」」

……こりゃ凄いな。

作ったのは自分なのに、それでも驚いてしまう。

新たに出来上がった石柱は、その1本だけでも5m近くはありそうだ。

なのでその上の石柱に載った俺の籠は、見上げるほどに高くなっている。

それこそ2階建ての家の屋根くらいありそうだなぁ……

それに『深く』というワードも入れているので、蹴飛ばそうが3人掛かりで押そうが、たぶんこの石柱はビクともしないだろう。

こればかりはどこまで深く刺さっているのか、掘ってみないと分からないが……

これ以上できることもないし、ここはスキルレベル3の力を信じるしかない。

まず先ほどの驚く反応からして、この3人がまともに石柱を作れるとは思えないのだ。

あとは最悪3人で穴掘りでもされたら、ギルドに素材を奪われたと報告してなんとかしてもらうしかないな。

そうでなくても、嫌がらせを受けたって報告はするけど。

とりあえずの出来栄えに満足した俺は、アデント達に向かって声を掛ける。

「ではこれから狩りをしてきますので、皆さんも頑張ってくださいね」

そして走り出す。

右手にはショートソード、左手には大サイズの革袋。

この革袋が埋まれば籠の4分の1くらいの素材量になる。

さぁ、定点狩りの開始だ。

▽ ▼ ▽ ▼ ▽

視界に入る魔物を片っ端から狩って狩って狩りまくる。

そんな1回目の定点狩りが終わり、石柱まで戻ってみれば、既に彼らの姿は見当たらなかった。

穴を掘った形跡はなく、生成した石柱に土の付いた足跡が複数残っていたので、蹴っても倒れないと思って諦めたのだろう。

見晴らしが良い分、どこかに隠れているという心配がないからとりあえずは一安心だ。

時刻は丁度昼時。

石柱にもたれ掛かり、腰に吊るした小型の革袋からサンドイッチを取り出して頬張りながら考える。

（魔力消費48でこの石柱ができたのはいいけど、問題は籠を取ることだよなぁ……）

当然ながらアデント達が力業でも無理だった石柱の籠を、俺が力だけでどうこうできるわけがない。

だから籠を取るという作業も新しい試み、一つの実験を成功させせなくてはならなかった。

30分ほど食事を摂りながら休憩を挟み、目の前の石柱を眺める。

（緊張してくるな……）

ここからは少々身体を張る作業だ。

自然と強張ってくるが。

それでもここをクリアしないと今後の安定した定点狩りができないので気合を入れるしかない。

一度ステータス画面を確認した後、ソッと目の前の石柱に片手を付き、自分の足元を見つめながら呟く。

「長さ５ｍの石柱を生成」

ズズズズズズッ……

「ふぉおおお！」

自分の足元からズンズンと迫り上がってくる石柱。

俺の視界がどんどん地面から遠ざかり、籠の載った石柱に触れている手にも力が入る。

そして少し手を伸ばせば籠に手が届くという程よい高さで、俺を運んだまま伸び続けていた石柱の動きが止まった。

（こ、怖かった……でも実験は成功だな）

今回はあくまで定点狩りの１便なので、籠を持って下りるということはまだしない。

背負っていた革袋の中身を籠に移し、水分補給をしたら、子供の頃に遊んだ登り棒の要領で直径

30㎝ほどの石柱に抱きつきながら滑り降りる。

そこまではいいとして、問題はこのやり方が継続できるか。

すぐさま今回の石柱で消費した魔力を確認すると、５ｍの石柱を生み出すのに魔力が『26』消費されていた。

うーん、籠に触れるだけでこの魔力消費となれば、当然重い。

重いが、まだこのくらいで済むなら調整も利くし、この手の最高効率調整なんぞゲームでどれほどやってきたか分からない。

「まずは魔力『26』の回復時間を計測しつつ、遠征の移動範囲で調整していくか……」

そのように決め、魔力と体力が枯渇しない範囲で本気の定点狩りに勤しんだ。


そして、５時間後――。

（うぅ、調子に乗り過ぎた……しんどい……）

それでもジョギングを止めなかった俺も大概だが、今日はロッカー平原で初めての籠が満杯状態だ。

というより多少溢れて道中で落としそうだったので、革袋の中にも素材を入れている。

丸薬を飲んで現在４日目。

体力が低下している時だったので余計に身体はキツいが、それでも定点狩りが軌道に乗った喜びには勝てなかった。

あの最高効率を叩き出している感じはどうにも止められない。

それこそ勿体ないと感じてしまい、もっともっととなってしまう。

ここがゲームの世界なら別アカウントを操作して、食事の運搬、素材の現金化を行いながら、俺は町へ帰らずロッカー平原のノルマをクリアするまで居座り続けたことだろう。

（うーん、この発想もありと言えばありか？　しかし、よほど信用できる荷運びに依頼をしないと成立しない……おまけにロッカー平原をソロで当たり前のように通り抜けられる人間となると、やっぱり厳しいよな……）

　これができれば最高なんだけどなぁ……

　そんな妄想を繰り広げていたら、いつの間にか解体場の前で棒立ちをしていた。

「おい。おーい。お前大丈夫か？」

「ふぉ!?　ああ、大丈夫です。頭の中が妄想でいっぱいになってまして……」

「そりゃ1日でこんだけ狩ってこられりゃ、金の使い道にも悩むってもんだろうな……」

　そう言って俺の籠の中身を見たロディさんの顔は、明らかに引き攣っていた。

　そうでしょう、そうでしょう。

　自分でも気付いた時には溢れ返っていてビックリしましたから。

　途中から素材より、スキル経験値のことしか頭にありませんでしたがね！

「ははは……それじゃこれお願いします。あ、あとこっちも」

「先客のが終わったら見てやるから、素材はカウンターに置いてちょっと待ってろ」

籠と一緒に大型の革袋も渡すとロディさんは頭を抱えていたけど、これがロディさんの収入にも繋がるんだと思えば罪悪感などまったくない。

「今日は何時に帰れるか分からねーなこりゃ……」

「まぁまぁ、いいじゃないですか。ロディさんもその分、収入増えるんですよね？」

「そりゃそうだが、限度ってもんがなぁ。知っているか？　お前のせいで町長とギルマスが、ポイズンマウス増えているんじゃないかって騒いでいたぞ？　予防策を張るって緊急依頼まで出す始末だ」

「今日の朝見ましたよ。報酬がちょっと上がってましたね」

「他のハンター共に聞いたら普段と変わらねーって言うし……ロキが大量に狩ってくるせいで勘違いしてやがるなこりゃ」

「でもそれって僕のせいではないですよね？　ポイズンマウスが増えて大変です！　なんて言ってないですし」

「もちろんお前のせいじゃない。せいじゃないが……切っ掛けであることは間違いないだろうよ」

口は動かしながらも別パーティの素材確認を終えたらしいロディさんは、木板にサラサラと文字を書き、そのパーティに確認しろと渡していた。

「ポイズンマウスの素材ランク『C』が3に『B』が4、『A』が8、あとは討伐部位と魔石がそれぞれ15に、エアマンティスの討伐部位、魔石がそれぞれ5だ。間違いないか？」

「あ、あぁ大丈夫だ……」

そう言った30歳くらいの無精髭(ひげ)を生やしたハンターは、横に置かれた俺の素材を見ながら答えていた。

というか、素材に向かって答えていた。

(確かポイズンマウスが素材ランクもまともなら1匹6000ビーケくらいで、エアマンティスが1匹1万ビーケくらいだから……このパーティは何人か分からないけど、14万弱くらいがトータル報酬か)

仮に4人だとして、それでも1人当たり35000ビーケくらい。

アデントパーティの報酬もそうだが、ジンク君達の報酬を思い返してみるほど、ロッカー平原は割の良い狩場であることがよく分かる。

(ジンク君達も行ってみたらいいのにな)

そんなことを考えていたら俺の素材判定が終わったようだ。

「はぁ……よくもまぁ連日狩り続けて、しかもどんどん素材量を増やしてこられるな。素材ランクは全て『A』でポイズンマウスが全部で53匹、エアマンティスが全部で12匹だ」

そう言って木板を渡してくるも、自分で何匹狩ったか覚えていないので確認する意味があまりない。

「大丈夫です。預けでお願いします」

「了解だ」

「あ、ちなみにロディさん。これ以上に大きい籠ってないですよね？」

「この町だと1つしかないな。それに1人が貸し切り状態で常に使っているから、あるかないかで言えばない」

「そうでしたか。なら特注で作る方が良さそうですね」

「まぁそうだが……これ以上素材量を増やすつもりか？　お前の図体を考えたらかなり無理があるだろう？」

「そこなんですよね～狩りが終わった後にこれ担いで走るのはかなりしんどかったです」

「は？……走る？　歩くじゃなくて走るだと!?」

「走るって言ってもジョギング程度ですよ？　体力を底上げしたくて」

「お前がふざけた素材量を持って帰ってくる理由もよく分かるな……おい、ワルダン！　やっかむ暇があったらロキみたいに努力しろよ！　だからこその成果ってことだ！」

「……そ、そうだな。あれ担いで帰り道を走るなんて、俺達には到底無理だ。試そうとも思えねぇ」

なんだかよく分からない流れだったが、若干アデントパーティのような視線を俺に向けていたワルダンさんという人の表情が、諦めにも似た苦笑いに変わったのでとりあえずは良かった。

あんなのが複数パーティ出てきたらもう手に負えない。

（あとは今日の出来事も報告しないとな……）

そう思いながら受付方面へ向かうと、今一番遭遇したくない人達。

アデントパーティの面々が勢揃いで待ち構えていた。

▽　▼　▽　▼　▽

俺が用のある、いつもは空いているはずのカウンター。

通称アマンダカウンターの前にはリーダーのアデントが肘をついて陣取り、その後方に顔だけは知っている残り2人のパーティメンバーが立っている。

アマンダさんは——、何を考えているのかよく分からないな。

シレッとした顔して、何か別の業務をやっているようだ。

はぁ……。

よく分からないし、一旦素通りしておくか。

「おう、早くアマンダさんに木板渡せよ」

アデントの横を無言で通り抜け、お食事処のおばちゃんのところへ。

「おばちゃん、氷水お願いします」

「はいよ！　毎日頑張っているみたいだねぇ」

「おいコラ！」

荷物を増やさないように水筒は1個しか持ち歩いていない。

それで剣を拭いたり飲み水にもしたりしているので、午後になるとどうしても水分が足らなくなってくるのだ。

俺が人一倍走って余計に汗を掻いているのも原因と言える。

「ぶはぁ～！　生き返るわ～もう1杯お願いします。このままコップにお水を入れてくれれば大丈夫なんで」

「はいよ！」

「こら！　シカトしてんじゃねーぞ！」

後ろで何か騒いでいるやつがいるけど、今はそんなことよりも水分補給だ。

あぁ……氷水うんまっ……

しかしどうしたものか。

この疲労困憊の状況でアレを相手にするのは物凄く面倒臭い。

というか、元から口調も態度も悪かったが、その悪さに拍車がかかってきているような気がする。

なんでだろうか？

お人好し過ぎたから？

もしそうであれば、このまま相手をせずに帰った場合、アデントは脳内で勝手に「勝った！」みたいなことになって、余計に面倒事を持ち込むような気がしなくもない。

うーん……しょうがないか。

コップをおばちゃんに返し、アデントの方に振り向く。

「で、なんですか？」

「なんですかじゃねーよ！　早く木板出せって言ってんだよ！」

「なぜ、あなたにそんな命令をされないといけないのか、さっぱり分かりませんね。あなた私のパーティリーダーでしたっけ？」

「そうだよ！　だから出せって言ってんだよ！」

「……は？」

この馬鹿は斜め上を行っているかもしれない。

冗談で言った言葉を肯定するとは思わなかった。

「パーティなんだからちゃんと報酬も等分しないとダメだろう？」

「そうそう。１人で報酬持ち逃げなんて、最悪ハンターギルド員から除名されるっすよ？」

追撃するかのように、残りの２名も謎の言葉をぶつけてくる。

「いやいや、意味が分からないんですけど」

俺のそんな言葉を聞いたアマンダさんが、溜息(ためいき)交じりに言葉を発した。

「事実確認を取りますので、ちょっとあなた達は黙ってなさい……ロキ君」

「はい、なんでしょう」

「アデント達３人が、今日ロッカー平原でロキ君とパーティを組むことになったと言っていたけど、それは事実？」

「まったくの嘘(うそ)ですね。パーティの件は昨日ちゃんと断りましたし、今日は朝からずっとついてこられた上に報酬を横取りされそうになりました。対策したらいなくなりましたが」

「はぁ？　嘘吐(つ)くんじゃねーよ？　お前から皆さんも頑張ってくださいねって言っただろうが。それってパーティメンバーとして一緒に頑張りましょうってことだろうよ！」

「そうだ！　籠を置いて、狩りをしてきますので皆さんも頑張ってくださいね、なんて言われたらパーティを組んだってこっちは思うだろう！」

「横取りなんて変な言い掛かりは止めましょうや？　俺達お前の籠に指一本触れてないっすよ」

……凄いな。

あの最後の一言を、ここまで都合良く捩じ曲げて解釈するとは。

馬鹿には嫌みすら言えない――

いや、馬鹿に違いないが、この見た目だからそこまで強引な解釈を理由にしてでも落とせると思っているのか。

よほど俺は、都合の良いカモに見えてしかたないんだろう。

「アマンダさん。こういう場合ってどう決着を付けるべきなんですか？」

「困ったわねぇ。普通に考えれば多数決で少数意見は弱いと見るのだけど、そもそもロキ君は1人でアデント達は3人のパーティだものね。多数決の意味がなくなってしまうわ」

「おいおいアマンダさんよ。俺達のことが信用できねーっつーの？　こんなハンターに成り立てのガキと何年もやっている俺ら。どっちが信用できるかなんてすぐ分かるでしょうよ」

「そうっすよ。ガキのお守りを買って出ただけで本当は褒められるもんでしょう？」

「そうだぜ？　今後もあっさり死なないように俺らがしっかり見ときますんで、とっとと認めてくださいよ」

段々と。

目の前の『悪党』に冷めた感情しか抱けなくなってくるが。

まだ我慢だ、我慢、我慢……

「いくつか聞きたいのですが」

「あん？　なんだよ？」

「まずあなた方のハンターランクは？」

「あ？　『F』だよ。どうせお前も一緒だろ？」

「なるほど。それで今日はあなた達3人、どれくらい稼がれたのですか？」

「……なんでだよ？」

「仮にパーティを組むなら、あなた達3人がどの程度稼がれているのか知りたいのは当然でしょう？」

「「「……」」」

「彼らの今日の報酬は3人で42000ビーケほどだったわね」

「ちょっとアマンダさん！　そういうのは言っちゃいけないもんでしょうよ！」

「守秘義務？ってやつを守る気あるんすか!?　ギルドクビになるっすよ？」

「受付失格でしょー！」

「なぜ？　あなた達からすればロキ君はパーティメンバーになるわけよね？　さっき自分達で言ってたじゃない。報酬は等分しないとダメ、持ち逃げはギルド員除名だって」

「チッ……」

「……そうだったな。良かったな坊主、俺らの報酬もちゃんと分けてやる」

「いくらっすか？　ガキには５０００ビーケくらい渡せば大丈夫っすよね？」

「ホラ。こっちの報酬と分け前の話もしたし、とっとと木板渡してそっちの報酬も分け合おうぜ？」

「そうだな。坊主、明日も朝一でここに集合だ。お前は籠を背負うのが好きなようだから、明日も道中たっぷり籠を背負わせてやるぞ」

「一応自分も籠は持っていくっすから、ガキの方が埋まったらこっちに入れるっすよ」

「……」

アマンダさんを含めたギルドの方で解決可能なら、このまま黙っておこうと思ってたけど……

これはもうダメだな。

アマンダさんに視線を向けても、困ったという顔をしているだけで次の一手がないように思える。

そりゃそうか。

ハンター同士のトラブルは当人同士で解決。

これが鉄則だ。

アマンダさんが悪いわけでもなく、できることは先ほどのような多少のフォローくらいなのだろう。

これ以上待っていても、期待できる何かがありそうにない。

となると……しょうがないな。

俺は勇者じゃないし善人でもない。

『悪党』相手に、気遣うようなスマートな解決なんて、する必要もない。

最悪はこの町から出ることになる――それだけだ。

「これが最後の忠告ね。組むメリットが欠片もないから、あんたらとはパーティを組まない。どこの世界に1人で40万ビーケ稼げるのに、3人で12万ビーケしか稼げない人間とわざわざパーティを組むやつがいる？　お世話になったとか特別理由があれば別だけど、あんたらには何もないよね？むしろ散々イライラさせられて印象最悪だよ。だからあんたら3人とは、どんな事情があったとしてもパーティを組むことはない」

「ふ、ふざけ――」

「それでも！　それでもまだ、俺の周りをウロチョロして邪魔をするって言うならもう遠慮はしない。遠慮しても意味がないのなら、今からあんたら3人を完全に敵と判断する」

「あー？　敵ならどうするってんだ？」

「敵なら魔物と一緒でしょ？　話し合いもまともにできず、ただ迷惑と損害を与えようとするだけの存在。ならゴブリンと同じで邪魔だと思ったら消すよ。お前らに味方する人間がいたなら纏めて全員」

「……は？　冗談だろ？」

「ちょ、ちょっとロキ君？　ちっとも穏便じゃないわよ!?」

「だってしょうがないじゃないですか。せっかく我慢して穏便に済まそうと思っていたのにどんどん調子乗ってるし。普通は魔物を狩ったり魔法を使ったりする姿を見て、ある程度は自分より強いか弱いかなんて判断できるものでしょう？　でも馬鹿にはそれができないんですよ。だから自分達の方が強いと思って、随分と上からな言葉が出てくるわけです。だったらもう馬鹿には直接分からせるしかないじゃないですか」

「「「……」」」

「言っていることは分かるけど！　それでもそんなことしたらあなたが犯罪者になってしまうのよ!?　ちょっと！　誰かギルマス呼んできて!!」

「望んでそんなことしたくはないですけど、他に解決策もないんじゃしょうがないでしょう？　この馬鹿3人に利用されるなんて御免ですし……もしそうなったらパルメラの奥にでも引き籠ります」

　正直に言えばそんなことはしたくない。

　俺はこの町しか知らないんだ。

　他の町にだって行ってみたいし、いろいろな国だって見て回りたい。

　行ける狩場を増やして、良い装備を買って、見知らぬスキルに一喜一憂して……

　だから9割はハッタリだ。

　そもそも個々の能力値だけで見れば俺の方がまず高そうだなとは思っているけど、3人同時に掛かってこられたらどうなるのかは分からない。

　それほど金は持ってなさそうだが、仮に金で強いやつを雇ってきたら死ぬのは俺だろう。

だからこの状況まで作って別の解決方法をギルドから引っ張り出す。

俺は他のハンターから白い目で見られるかもしれないが……

それならそれでしょうがない。

元からパーティを組む気がないんだ。

最低限ベザートでは依頼を受けられて、素材の換金ができればそれでいいだろう。

そしてここまで啖呵を切ってギルドもお手上げ。

馬鹿3人衆も引かないようなら――、もうこれは魔王ルート一直線だろうな。

可能な限りパルメラの奥地にでも籠って別の楽しみ方を見出すしかない。

そんなことを考えていたら、事情を聞きつけたベザートの町のギルドマスター。

ヤーゴフさんが面倒そうな顔をして登場した。

「こんな時間にいったい何の騒ぎだ？」

開口一番、そう言葉を発したヤーゴフさんは俺に一瞥をくれると、そのまま馬鹿3人衆を睨みつける。

なんだ？

どうもヤーゴフさんの3人に対する印象が悪いような気もするが……

元から評判が良くないのか？

「とりあえずここでは他のやつらに迷惑だ。ついてこい」

そう言ってヤーゴフさんは振り向きもせずに奥へ歩いていくので、俺は当然として、3人衆もさすがにギルドマスターの指示だからか大人しくついていく。

その時なぜか、アマンダさんも立ち上がってついてくるが。

まぁアマンダさんだし、受付にいなくてもさほど業務に支障がないのだろうと思うことにする。

一同は以前講習を受けた部屋の並びにある別の部屋へ。

そこは少し人数が多めの商談の場なのか、部屋の真ん中にはローテーブルと、その両脇にはそれぞれ3人掛け程度のソファー。

そして誕生日席のような場所に1脚の椅子がある部屋で、ヤーゴフさんは誕生日席に座ったため俺もソファーへ腰を下ろす。

当然3人衆は向かいのソファーへ。

アマンダさんはてっきりヤーゴフさんの背後にでも立つのかと思ったら、なぜか俺の隣に座ったのでビビったが……

何か味方が増えた気がするので、何も言うことなく納得することにした。

「それで何をどう揉めているんだ？　それぞれ事情を説明しろ。アデント達はリーダーが代表して話せよ。説明している間は終わるまで誰も口を挟むな」

おお、怖ぇ……

こりゃ嘘を一発で見抜きそうな眼だ。

自然と鳥肌が立ってしまうも、俺自身は嘘を吐く要素が何もないので、ただただ事実を淡々と話す。

そして3人衆は――気付いてないな。

そりゃ気付くわけもないか。

アデントは嘘に塗れた自分達に都合の良い話を展開させ、アマンダさんは客観的に、受付嬢として俺からどういう相談を受けていたか。

そして今日の経緯をヤーゴフさんに説明していた。

「ふむ……まず前提として、ギルドはハンター同士の個人的な揉め事には基本関与しない。それは分かっているな？」

「はい。講習でそのように習いました」

「もちろん分かってるぜ？」

「だからギルドマスターとしてではなく、私の個人的な意見として言わせてもらうが――」

そう前置きをした上でヤーゴフさんは言葉を続ける。

「アデント。なぜロキに声を掛けた？」

「えっ？　そりゃガキが1人でロッカー平原なんかにいるから、先輩として早いうちからパーティに入れてやろうって」

「それは先ほど聞いた。私が聞きたいのは建前ではなく本音だ」

「それは……1人にしちゃソコソコの素材集めてやがるし、うちのパーティに入れれば、多少のプラスにはなるかなって……」

「お前だってもう5年以上はハンターをやっているんだ。それが多少ではなく大幅な、ある意味不相応なほどの収入増になることも分かっていただろう？」

「ま、まぁ……」

「つまりロキの身の安全よりも自らの収入を目的にした。違うか？」

「ち、違う！　確かに収入も見越した勧誘だ。俺はパーティリーダーだからその辺りを考えるのも当然だと思っている！　だが、ガキが死に急ぐことを防ごうとしたのは本当だ！」

「ならばなぜ、ロキが魔法で……石柱と言ったな？　そのせいで素材に触れられないと分かった時点で引き上げた？　お前の言うお守りが本当なら、その場に残ってロキと一緒に魔物を狩るはずだろう？」

「そ、それは……1人でも倒せていたからいいかなって……こいつだって効率がどうのって言ってたし……」

「それではさっきと言っていることが違うだろう。死に急ぐことをまったく防ごうとしていない行動だ」

「……」

こりゃもうアデント君はダメだな……

ヤーゴフさんの簡単な理詰めで早くも死にかけている。

そして次に、ヤーゴフさんは俺へ視線を向けてきた。

「ロキが籠を石柱の上に置いて狩り始めたのはどうしてだ？　話せるならで構わないが」

「隠すほどの理由はありません。単純に素材の盗難防止と定点狩りがしたかったからです」

「定点狩り？」

「えーと……お伝えした通り僕は1人で狩っています。なので籠に素材を入れていけば、どんどん重くなって動きにくくなるわけです。だから籠を決まった場所に置いて、手ぶらに近い形で周囲の魔物を狩っていくんですよ。それで素材が持てなくなれば籠の場所に戻って素材を籠の中にと……この繰り返しですね」

「ふむ。もしかしてパルメラの時も同じようなことをやっていたか？」

「そうですね。確か初日からやっていたと思います」

「なるほどな。だから報告に上がってくる素材量が、常にロキの分だけズバ抜けていたわけか」

「まぁそれだけが理由でもないと思いますけどね。移動は可能な限り走っているので」

「そうか……で、アデントはその素材を奪おうとしたと」

「……え？　い、いや違う、奪おうとはしていない！　俺達はこいつの籠に触れてもいないぞ!?」

急に話を振られたアデント君はテンパってるなぁ……

質問の相手が俺に移ったと思って油断してただろコイツ。

「ロキは石柱に蹴られた跡が複数残っていたと言っているが？　つまりロキが籠を置いて狩りに出ている間に、その石柱を倒そうとしたということだろう？　触れていないのではなく触れられなかった。違うか？」

「ち、違う違う!!　蹴った跡なんてこいつのデタラメだ！」

「ならばなぜ、先ほどは否定しなかった？」

「え？」

「私は先ほど、お前達が素材に触れられなかったことを前提に話したが、その時まったく否定しなかったのはなぜだ？」

「……う……うぅ……」

うーん、やっぱりヤーゴフさん怖いわ。

残りの2人も事態がマズい方向に流れていると気付いたのか。

顔面が真っ青になってきているが、もう時既に遅しだろう。

「お、おかしいだろ!? さっきからなぜギルマスは調子に乗ったこんなガキの味方をする！ そんなにこのガキが大事なのか!?」

「別に味方をしているわけではない。お前達の話、ロキの話、事前にロキから相談を受け、今日の事の成り行きも見ていたアマンダの話。それらを総合的に判断して話している」

「なんだよくそっ!!」

「それにな。人が死ぬ状況は極力作りたくない。うちのハンターだったやつらなら尚更だ」

「どういうことだよ……？」

「仮にだ。お前達がロキと敵対したらどうなると思う？」

「そりゃ……いざとなったらこっちは3人いるんだし、必要なら知り合いを集めて……」

「その結果、お前達は当然として、安易に巻き込まれたやつらも全員死ぬ。最悪のケースを想定すればな」

「冗談だろう？　たかがガキ1人に――」

「だからお前達はFランク止まりなんだ。リスク回避がまるでなっていない。数倍ではきかない量の素材を1人で掻き集められるやつが、なぜ自分達より弱いと思える？　その自信はどこから来る？」

「……」

「ロキが1日で持ち帰る素材の量は異常だ。パーティならまだしも、1人でとなればこの町での新しい記録になることは間違いない。お前もハンターをやっているなら分かるだろう？」

「そりゃあ……」

「それだけの腕があるのか、機転の利く頭を持っているのか、それとも特別な何かがあるのか――それはロキ本人にしか分からないし余計な詮索などご法度だ。だが、お前達はその普通じゃないやつと敵対しようとしているのを理解しているのか？」

普通じゃないと言われるとグサッと来るけど、自分自身を普通ではないと思っているのでまったく否定もできない。

それにたぶん、ヤーゴフさんは俺が異世界人であることを警戒しているのだろう。

女神様が異世界人には特別にスキルを与えていると言っていたしね。

実際は異物扱いでステータスが見られるだけなんて言ったら拍子抜けされそうだから、ここは黙って実は凄いかもしれないんだぞオーラを放っておくしかないが。

「お、俺達は別に、敵対しようとしているわけじゃ……」

「強引にパーティ勧誘し、失敗したとなれば素材を狙い、それも失敗すれば今度は無理やりな口実で1日の成果を奪おうとする。加えて明日からも強制的にパーティに入れさせ、荷物持ちまでさせようとしたのだろう？　これで敵対しないと思っているのはお前らくらいだろうな」

「お、俺達はどうすれば……」

「そうっすよ……こんな大事になるなんて思ってなかったっす……」

「これからは真面目にやるからさ！　勘弁してくれねーか？」

俺はチラリとヤーゴフさんを見るも、彼は首を横に振った。

「残念だがお前達にこれからはない。正確にはハンターとしてのこれからだな。人の素材を奪おうとしたんだ。ギルド規定によりお前達はハンターを永久除名となる」

「そ、そんな！　実際に奪ったわけでもないのにそりゃねーだろう！」

「俺達は今回の件で一銭も得はしてねーぞ！　無理してガキについていった分だけ損しているくらいだ！」

「今更他の仕事にはつけねーっすよ!?」

「実際に奪ったか奪っていないかではなく、奪おうとした行為そのものがハンターにとっては悪だ。信用ありきで依頼が持ち込まれるハンターギルドに、そんな考えを持つ者を在籍させ続ける理由はない」

「マジかよ……」

「奪えないままで済んだのはまだ幸いだったな。奪っていればハンターギルドの管轄から法の話に移るところだ。せめてもの情けで別の仕事くらいは紹介してやる。犯罪奴隷にならなかっただけマシだと思え」

「「「……」」」

「ロキ、これで良いか？」

そう聞いてくるヤーゴフさんを見て、心の底から思う。

敵にするとかなり面倒臭いだろうが、味方にすると心強過ぎる！

ありがとうヤーゴフさん。

それにひたすらダンマリとしているが、アマンダさんも横にいてもらえただけで心強かった……ありがとう！

だから俺の中でも今回の件、ちゃんと決着を付けよう。

「この程度じゃ全然ダメですね」

「「「え？」」」

その場にいた者達から一斉に声が漏れ、視線が俺に集中する。

そりゃそうか。

流れ的にハンターは除名、でも法の裁きを受けるところまでいかなくて良かったね。

これにて一件落着、チャンチャン。

これが目の前で口を開けて呆(ほう)けている3人は別として、ヤーゴフさんが描いた決着の付け方だろうし、横で事の成り行きを見守っていたアマンダさんにしてもこれで終わりと思っていたことだろう。

　だが――俺は勇者じゃないし善人でもない。

　目の前にいる『悪党』は俺をいいように利用し、奴隷の如く搾取しようとした。

　それは紛れもない事実なのだから、この程度のぬるい対応で済ますわけがない。

「彼らへの処分は分かりました。未遂が法で裁かれないというのは些か不満ではありますが……その点はこの国の法でしょうし、納得するしかないと思っています」

「じゃあ、それ以外に何があるというの？」

「ハンターギルドの除名というのはあくまで彼らの処分内容であって、こちらにはまったく関係のないことなんですよ。なので僕が求めるのは、僕自身に対しての賠償です」

「つまり……除名とは別で、こいつらに何か今回の件に対する対価――、詫びを要求するということか？」

　賠償という言葉が伝わるか不安だったが、ヤーゴフさんの言葉から問題ないことを理解した。

「その通りです。パーティ勧誘だけなら何も問題ありません。受けるにしろ断るにしろ、誘い誘われなんていうのは極々普通のことだと思います。しかしその後、付き纏われて僕は非常に迷惑を被りましたし、実際僕が狩りをしながら移動している最中、彼らは何もせずひたすらついてきていたので、『女神様への祈禱』の影響が働きもしない彼らに分散していた可能性が非常に高いです。

　おまけに狩りが終わってからのこの時間、既に体感ですが2時間くらいは経過していると思います。つまり彼らのせいで僕は無駄に2時間拘束をされているわけです。宿で予約している晩ご飯もお金だけ持っていかれて食いそびれですし……

時給って意味分かります？　1時間当たりにどれほど稼げるかって意味なんですけどね。ちなみに今日の僕の稼ぎが――ザッと計算した感じですと44万ビーケくらいです。それを大体10時間くらいで稼ぐわけですから、僕の時給は44000ビーケということになります。

ということは2時間拘束なら大体88000ビーケほど。それにプラスで精神的な苦痛、女神様への祈禱の影響なども考慮すると……んー彼らの全財産叩いても足りますかね？」

言っていることは無茶苦茶だ。

自分でもそんなことはよーく分かっている。

民事と刑事が分かれている元の世界だから通じることであって、この世界じゃそんな分け方、個人への賠償なんて考えなんぞ、アマンダさんやヤーゴフさんの反応を見ても無いのが普通なのだろう。

それに日本だって仕事外の時間なら請求できても精神的な苦痛くらいだろうが……

内容なんてそれっぽく聞こえればなんだっていいんだ。

因果応報。

俺から奪おうとしたのなら、奪えるモノを奪い、落ちるとこまで落ちたらいい。

「ま、待ってくれ！　収入が途絶えちまうから、余計に金がいるんだ！」

「そんな事情、僕には関係ありませんよ。そういったリスクも考えず、安易に僕から奪い取ろうとするからこんなことになっているんでしょう？」

「勘弁してください！　俺、結婚する予定で……今仕事だけじゃなくお金まで失ったら結婚できなくなるっすよ！」

「だから、それも僕となんの関係が？　相手が可哀(かわい)そうですし、結婚を諦めたらいいじゃないですか」

「ちょ、ちょっと待ってくれ……2人は金を貯(た)めていたかもしれないが、俺はそもそも金を余らしてないんだ。払う金なんて無い！」

「なら借金奴隷ですね。確かギルドの本を破損させたら落とされるような話もあったので——あるんですよね？　借金奴隷」

　そう言ってアマンダさんをチラリと見ると、ぎこちなく首を縦に振ってくれるので俺は笑顔になる。

　目の前の3人は顔が青を通り越して白くなってきているが、悪党がどうなろうとどうでもいい話だ。

「ちょっと待て、ロキ……こう言っちゃアレだが、あまり追い詰めると碌(ろく)なことにならんぞ？」

「それなら逆に好都合ですよ。確かギルドの講習内容だと、盗賊ならば返り討ちにしても問題なかったはずですよね？」

「あ、あぁ……」

「それは相手が犯罪者だから、という認識で合っていますか？」

「そうだな……」

「なら彼らが僕に危害を加えようと襲ってきたら、僕が返り討ちにしても罪には問われないってことでしょう?」

「……一応はそうなる」

「本当は殺したいほど憎いんですけど、法のせいで殺せなくて今耐えているんですよ。だからお金には困っていなくても、しょうがなくお金で解決をしようと努力しているんです。それを彼らが襲ってきてくれれば殺せるようになるんですよ? 最高じゃないですか!」

そう言ってわざと満面の笑みを彼らに向けたら、結婚結婚言っていた荷物持ちは泡を吹いて気絶した。

そしてそこからは早かった。

彼らが今日手にした報酬の42000ビーケはもちろん、所持していた3人の現金合わせて約30万ビーケは全て押収。

ついでにもうハンターは廃業したのだからと、装備していた武器や防具はもちろん、ポーション類などお金になりそうな所持品も片っ端から押収した。

さすがに本気で捨て身の特攻をされても迷惑なので、家にあるお金や家具などは勘弁しておいたが……

ヤーゴフさんが先ほど脅してくれていたおかげで、彼らは俺に特別な何かがあると思っているらしく、終始怯(おび)え切った表情で従ってくれたので俺の溜飲(りゅういん)もしっかり下がってくれた。

結局金無しの酒好き野郎は、元仲間ということで残りの2人に借金という形を取るらしく、3人に懇願された手前もあって借金奴隷の件はなし。

正直どちらでも良かったが、これで報復の可能性が減ったと思えばケチをつける場面でもないだろう。


放心状態でトボトボとギルドを後にする3人を眺めながら、なぜか怯えているアマンダさんと顔が引き攣ったヤーゴフさんにお礼を言う。

「今回はお世話になりました。本当にありがとうございます。そしてご迷惑をお掛けして申し訳ありません」

頭を下げてお礼を言いつつ、先ほど押収したお金のうち、10万ビーケずつを2人に渡す。

「僕と同じく2人にも無駄な時間を使わせてしまいましたから、これはそのお詫びです」

「……こういうやり方が、ロキの……常識になるのか？」

「うーん、どうでしょう。僕の故郷ならやり過ぎと判断する人の方が多いかもしれませんが……あの手の、人を平気で害するような悪党って心底嫌いなんですよね」

「なるほど……ロキと敵対することだけは避けねばならんな。命がいくつあっても足りそうにない」

「は、はは……」

アマンダさんは未(いま)だに固まったままだが、10万ビーケを握らせたら口角が上がったのでまず大丈夫だろう。

　この調子ならついでに頼めるかもしれない。

「それでポーションなんですけど、可能ならジンク君達が受付に来た時でいいので渡してあげることってできますか？」

「え？　ロキ君が自分で使うんじゃないの？」

「まだ当分ロッカー平原だと思うので、念のための解毒ポーションが1個あれば十分なんですよね。だからジンク君達にあげようかなと思いまして」

　通常のポーションを8個、解毒ポーションを6個押収したけど、この量は多過ぎだ。

　使う予定がないなら彼らにあげた方が有意義だろう。

　もしかしたらジンク君達もいずれロッカー平原に行くかもしれないし。

「それくらいなら構わないけど……常に需要はあるからギルドでも買い取れるわよ？」

「今すぐ欲しい物があるわけでもありませんしね。彼らには恩がありますから、ジンク君達に渡しちゃってください」

「ほんとロキ君って変わってるわねぇ……」

「そうだな。それにロッカー平原にいながらポーションを使わないというのも興味深い。これはEランクへの審査もそろそろ始めた方が良いかもしれんな」

「Eランクになっても、まだルルブの森には行きませんけどね。死にたくないので！」

「その慎重さを持っている限りはそう簡単に死ぬこともないだろう。さ、今日はもう終わりだ。皆帰り支度をするぞ」

そう言われ、一番ドアに近かったアマンダさんが商談部屋から出ていく中、ヤーゴフさんが俺に向かってポツリと呟いた。

「『出る杭は打たれる』か。今後も似たようなことが起こる可能性は高い。気を付けろよ？」

「ですね。まぁだからと言って自重するつもりはありませんけど、極力目立たないようにはするつもりです」

普通に、言葉を返したつもりだった。

が――、なぜかヤーゴフさんの足は止まり、ドアに手を掛けたまま、こちらに視線を向けて動かない。

ジッと、深く深く、俺の心の中を覗き込むような瞳で見つめていた。

「え？」

「先ほどの言葉は、私が知る限り大人でも誤訳されて伝わることの多い〝特殊な言葉〟だ」

「もちろん【異言語理解】のスキルレベルが高ければその限りではないが、少なくとも子供の段階であっさりと理解できるようなものではない」

「……」

「私が唯一知っている異世界の言葉だよ。それをあちらの言語のまま喋ってみたが……ロキは随分とあっさり理解できてしまったようだな？」

ヤーゴフさんは、そう俺に語り掛けた。

ヤーゴフさんの発言に思わずハッとする。

（そうか。ことわざを、【異言語理解】を通さずに、そのまま……）

確かにことわざは、その意味を理解していなければ会話がまともに成立しなくなる。

知っているから、あっさり理解できてしまった——、そういうことなのか？

しかもあちらの言葉……日本語でそのまま喋ったとなれば、会話が通じた時点でもうまともな言い逃れができなくなる。

咄嗟にヤーゴフさんを見ると、その彼は両手を上げたまま苦笑いを浮かべていた。

「勘違いしないでくれ。私はロキと敵対したいわけでも、素性を詮索するつもりもないからな。私だってまだ死にたくはない」

「……ではなぜ？」

「今回の件でロキの人となりを摑めたから、というのが一番大きい」

「……」

「ロキは敵味方の区別をはっきりとつける。そして敵には容赦ないが、そうでなければどちらかというとかなりお人好しの部類だ。だから今後のために、踏み込んででも確認を取るべきだと判断した」

「今後の、ため……」

「本当は町長からの報酬を渡したあの時に、一度試すか悩んだのだが……さすがにあの段階ではそこまでの踏ん切りがつかなくてな」

「ということは、あの時から既に当たりを付けていたと？」

「それはそうだろう。あんな奇抜な格好の時点でまず怪しいと思う。それに――、今は外しているようだが、ロキが左腕に着けていたのは『時計』だったはずだ」

「ッ!? 知っていたんですか？」

「まあな……それでだ。今日は遅いから明日1日、私に時間をくれないか？ もちろんいつもの仕事を邪魔するわけだから、私からの指名依頼ということで報酬は100万ビーケ支払おう」

「報酬が凄いと、逆に警戒してしまうんですけど……」

「そうは捉えないでほしい。お前の報酬は1日40万ビーケを超えたのだろう？ そう考えたら同額程度で依頼するのもどうかと思っただけだ。もちろん50万ビーケに負けてもらえるなら有難いがな」

「いや、それなら100万ビーケで、って違う違う。受ける前提の話にしないでくださいよ！ 僕にいったい何をさせるつもりですか!?」

「ふっ、やはり頭は回るな。アデントじゃどうにもならないわけだ。まぁそう固くなるな。内容は非常に簡単なもので、とある物を見てもらった上で意見が欲しい。その程度だ」

「それは……異世界の物、ということですか？」

「さぁな。それを判別できるのは異世界人のやつらだけだろう？」

「確かに……」

「先ほども言った通り、私はロキと敵対するつもりなどない。理由は死にたくないからだ。だから依頼とはいえ無理をさせるつもりは毛頭ない。それだけは約束しよう」

「……分かりました。死にたくないから敵対しない。これが一番シンプルで納得のいく理由ですからね。明日は休日と思うことにしましょう」

「助かるよ。明日はそうだな……昼の鐘が鳴ったくらいにでもギルドに来てくれ。それまでは好きにしてもらって構わん。ただ昼飯は先に済ませておけよ？」

「分かりました。それじゃ明日お伺いしますのでよろしくお願いします」

「ああ、こちらこそ楽しみにしているよ」


こうして突如降ってきた指名依頼の話が纏（まと）まり、アマンダさんにも声を掛けつつギルドを出た俺は、なんだか妙なことになったなぁと空を見上げた。

たぶんヤーゴフさんが見せたい物は、用途不明の地球にある何かなのだろう。

それが俺に分かる物かどうかは確認してみての話だが……

女神様は魂を転生させていると言っていたはずだ。

つまり俺のように転移はしていないということになる。

となれば、この世界に地球産の物があること自体不自然な話。

次元の狭間とかいう別ルートもあるようなことは言っていたけど、リア様が忘れるくらい激レアな事象っぽいし……

うーん、なんだろうな？

本来はマズいことなのかもしれないのに、ちょっとワクワクしてしまう自分もいる。

もしかしたら俺と同じように、無理やり転移させられた仲間がいるかもしれない、か。

まぁ今考えても答えは出ないし、明日になれば何か分かることでもあるのだろう。

それならすべきことはまずご飯だ！

どう考えても宿のご飯時間は過ぎているし、今日は初の悪者退治と臨時収入ということで祝い事。

それなら普段行くことのない、少し高級なお店にでも行ってみるとしよう。

▽▼▽▼▽

失敗した。

そう思いながらも、本日何度目か分からないスキルを唱える。

――【神通】――

「……うーん、まだだめか」

昨日はいったい何時に使用したのか。

1日に1度という制限が0時を回ったらではなく、使用してから24時間後以降ということはこれで確定となったが、はっきりとした時間が分からないため寝るに寝れない状況に陥っていた。

かと言って使わないという手はない。

まともに会話が成り立てば有益なスキルであることは間違いないし、わざわざスキルレベルまで上げたのだ。

使用制限があるからこそ、使える時は極力使ってスキル経験値も稼いでおきたかった。

なんとなく身体が落ち着かず、剣を握って素振りを開始する。

疲労で全身気怠いが、既に決めている質問の答えが本当に得られるのか。

想像するだけでワクワクしてしまい、自然と身体は動いていた。


――【神通】――


（おっ！　ロキ君かな？）

「あ、ロキです。　昨日は途中で切れてしまいすみませんでした」

（いいよいいよ。そういうスキルだからさ。今日は私、豊穣の女神フェリンが担当するよ～よろしくね！）

「よ、よろしくお願いします。昨日の反省を踏まえ、スキルレベルを上げましたので、今日から2分でお願いします！」

（おぉ～！　それは皆喜ぶよー！　私達って下界を大雑把に覗くくらいしか娯楽がないからさ。基本的に暇だから、直接何かができるっていうのはそれだけ嬉しいんだよね！）

「そうなんですか。もう1人の神子という人とはあまり喋らないんですか？」

（神子は下界でも特殊な存在だから、年に1度、決まったタイミングでしか【神通】を使ってくれないんだよね。しかも話がビックリするくらいつまんないの！）

「それはなんとも勿体ない話ですねぇ……」

（何言ってんの！　ロキ君だってすぐ使わなくなったくせして！）

「いや、あれはあまりのクソスキル――失礼、雑談っぷりに3日ほど呆然としてしまいまして……」

（皆テンション上がっちゃってたからごめんね～！　もう当番制にしたから安心してよ！）

「分かりました！」

天井に当たらないよう、剣をフンフンと振りながらも思う。

うーん、なんか癒されるな……

フェリン様は顔を見ずとも元気溌剌といった様子で、落ち込んだり疲れたりしている今日みたいな日には最高かもしれない。

それにこの感じ、俺の失われた青春時代を少し取り戻している感じがしてしまう。

（（ギャー！　最高だって!!））

（もう！　そんなこと言っちゃって！　しょうがないなぁ……フェリン様がロキ君の疑問に答えてしんぜよう！）

「け、結局喋っても心の中が筒抜けですけど、ありがとうございます……えーと、実はどうしても欲しいスキルがありまして。今日はそんなスキルがこの世界に存在するのかを確認したかったんですよ」

（ふむふむ。私達は人種が扱うようなスキルならほとんど持ってると思うから、どんなのか言ってもらえれば分かるんじゃないかなー？）

「おぉ！　用途としては荷物などを別の空間に仕舞って自由に出し入れができるというやつなんです。名称は収納とかアイテムボックス、インベントリなんて言い方をしたりするんですけど、どうでしょう？　この世界にありそうでしょうか？」

（ん～荷物を別の空間に仕舞う……それって【空間魔法】の応用じゃないかな？　というかそんな用途が目的で、リステがどっかの異世界人にスキルを授けていた気がするよ！）

「おおっ！　あることはあるんですね！　労せず手に入れたチート野郎には怒りの鉄拳をぶち込んでやりたい気分ですけど、これで俺も希望を持てましたよ。ちなみにその【空間魔法】の取り方というのは分かりますか？　まだ俺のステータス画面だと隠れていて、取得条件すら分からないんです」

（う～ん……ごめん！　そこまでは分からないや！　私達は最初からスキルを持っていたから、途中の取得条件とかって何も知らないんだよね。でも魔法の取得方法とかそれぞれの用途って昔から調べられてると思うし、その手の内容を纏めた本を読むとか研究施設に行けば分かるんじゃないかな！）

「なるほど……でも凄く有難い情報ですね。本当にありがとうございます」

（いや～それほどでも～！　他は？　他に――――………）

あれ、もう2分か。

できればもう1つ確認しておきたいことがあったのに、なんだかあっという間に終わってしまった。

とりあえず最優先で知りたかったことは聞けたけど……

もう少し、長くてもいいような？

そう思ったのは、こちらだけではなかったようで。

（ロキ君～！　ちょっと2分じゃ短過ぎるし、一度神界に遊びにおいでよ！　フィーリルとリステもロキ君に会いたがってるしさ！）

頭の中に響く、先ほどと同じ快活な声。

すぐにフェリン様だと気付き、それが【神託】によるものだと理解する。

ふーむ。

少しだけ悩んでみるも、明日は指名依頼の絡みで休日と決めたばかり。

それに遅かれ早かれ、まだ面識のない3人とも一度顔を合わす必要は出てくるだろう。

（狩りに支障を来さないのは明日くらいだし、空いている午前中のうちに一度顔を出してみるかな……）

そう思えば、妙な緊張感から身体が強張るが。

残りの魔力を指先マッチで消費しながら、再びあの場所へ向かうことを決意した。

▽　▼　▽　▼　▽

ふむ、と。

朝のベッドで納得したように頷（うなず）き、一つの答えを導き出す。

結局昨日も魔力不足による強制寝落ちを故意に発動させた。

ショートソードに付与されている上昇分の魔力『50』。

この『50』未満の魔力量で武器を手放せば、強い倦怠感（けんたいかん）と共に強制的な睡眠状態に入る。

だが睡眠時間に大きな違いは感じられず、今のところは習慣になってきている朝の鐘の音で普通に目が覚める程度。

しかし、約8時間の睡眠で魔力が完全に回復しきっておらず、それこそ丁度付与分に当たる50近い魔力が未回復の状態で残っていた。

これと石柱生成で使用する魔力『26』にかかる回復時間を照らし合わせると――。

たぶん、魔力は8時間で最大値まで回復しており、マイナスに入るとそのマイナス分からの回復になるため、より全回復には時間がかかる。

つまり、よほど睡眠時間を長く取るでもない限り、夜寝る前であろうと魔力域がマイナスに入ってまで修行する意味はないということになるな。

それにマイナス域の最中は起きられないなど、通常の睡眠以上にリスクが存在している可能性は高いので、身の安全を考えれば緊急時以外は禁止としてしまった方がいいくらいだろう。

そしてあまりよく分かっていなかった付与の判定範囲。

武器を手に持てば付与効果が発生し、手放せば付与効果は外れる。

そこまでは分かっていたが、昨日はショートソードとセットで購入した剣帯に、剣を引っ掛けた状態でも付与の効果が働くのかを試していた。

結果として剣帯に収めた状態でも付与は発動し、その剣帯を外した瞬間から強烈な睡魔が襲ってきたので、必ずしも剣を握らなければいけないわけではないということが分かったのは大きい。

なんせ石柱を使っての定点狩りは、籠に用がある時は自らの身体を石柱で持ち上げなければならないのだ。

昨日は剣を片手に持ちつつ、素材がパンパンに入った革袋も持ちつつ。

そんな中で無理やり片手で落ちないよう身体を支えていたので、万が一バランスを崩して剣を手放そうものなら、その時の魔力量によってはそのまま昏睡。

高所から寝ながら落下して死亡か、そうでなくても寝たままポイズンマウスに食われるなんてパターンも有り得たわけだ。

これでその手の事故が回避できると思えば、今回の実験はかなり有意義なものだったと言えるだろう。

さて、朝ご飯食べたら行くか。

今日はまず、昨日押収したアデント達の武器や鎧。

それらをギルドで預かってもらっているので、回収してパイサーさんのところで顔見せついでに売却。

その後は教会に寄って残りの女神様達と対面だ。

とっとと動かないと昼ご飯を食いそびれる可能性もあるので、どんどん予定を消化していこう。

▽▼▽▼▽

「アマンダさんおはようございます～昨日の武器と防具、回収していきますね」

「あら、おはよう。休日と聞いていたのに早いのね？　あのまま部屋に置きっぱなしだから、好きに持っていっていいわよ」

朝のハンターギルド。

いつもより多少遅いとはいえ、依頼ボードの前はまだまだハンター達で賑わっている中、俺はその横を素通りしてアマンダさんへ声を掛ける。

自前の装備もつけず、ほぼ手ぶらでハンターギルドを訪れたのは久しぶりだ。

昨日使われた商談部屋に入れば、使い古された感のある革鎧3セットに、ロングソードと槍。

あとは解体にも使っていたであろうサブ武器のナイフが3本と、荷物持ちがなぜか持っていた小型のメイスも置いてある。

（一度に運ぶのは無理かな……）

ギルドへ入る前に、目の前にある武器屋のパイサーさんにも一言、中古装備を売りたいと声を掛けておいた。

よく分かっていないようだったが、持ってきてくれれば査定をするということだったので、あとは俺が運び込むだけで事が済む。

鎧は右手に、武器は左手に。

余力があればナイフも指の隙間にでも挟んで、と。

装備を着込むのではなく、抱えたまま受付側の正門を出入りすれば目立つこと必至だが、既に噂はされていたので気にしてもしょうがないと割り切っていく。

「おい……あれが昨日アデント達をハンター永久剝奪に追い込んだ挙句、ケツの毛まで毟り取った張本人だ……」

「マジかよ？ってことは今、手に持っているのがあいつらの装備か？　どうすんだあれ？」

「どう見たってまだガキじゃねーか……あいつら何やってんだよ？」

「バカ野郎……そう言って舐めくさった結果、借金奴隷一歩手前まで追い詰められたらしいぞ？」

「あれを普通のガキと思ったらえらい目に遭うぞ。1人で行動しているのに持ち帰る素材の量が尋常じゃねぇ」

本人達はコソコソ喋っているつもりだろうが、ハンターとは見た目からして野蛮で粗暴であろう人間の比率が飛び抜けて高い職業だ。

町を普通に歩く町民とギルド内のハンターでは、別の国ではないかと思うくらいに人の雰囲気がガラリと変わる。

もちろんまともな人も大勢いるだろうけど、一般的な職業に就きたがらない、もしくは就けない、腕だけが自慢の者もハンターには多いらしい。

そんな彼らが周囲や当人を気遣い、声量を抑えて内緒話なんてできるわけもなく……

ピストン運行する度、噂話が俺の耳に入ってしまう。

(これをメリットと捉えるかデメリットと捉えるか――、まぁなるようになれだな)

結局それしか選択肢もないのだ。

噂を気にして自重するなんて愚の骨頂。

人生全てがゲームだった頃、某掲示板で散々叩(たた)かれ、それが原因で引退していくプレイヤー達を多く見てきたが、俺はそんな光景を眺めながら、なんて勿体ないんだろうと感じていた。

自分が今までつぎ込んだ情熱と時間、そして努力の結晶がたかが人の噂、罪悪感すら覚えない程度の悪意で無になる、無にされる。

本人が選んだ道。

決めた選択にケチつけて止めるようなことまではしなかったが……

そんなことを気にして引退するくらいなら、そいつらをぶった斬り続けて逆にご退場いただいた方がまだマシだろう。

ゲームならばそれができるのだ――ゲームならば。

悪意のある人間が誰だか分からない。

妬みや嫉妬が蔓延する世界で疑心暗鬼になる。

交友関係が広いほどそんな悩みも抱えるのだろうけど、1人であればそんな不安も心配もない。

だから1人は気楽なものだ。

目に見えて敵と判断できるものだけを斬っていけばそれで良い。

そんなゲームの世界と今を被らせながらも、黙々と俺は押収した装備品をパイサーさんの下へ運び込んだ。

そして――。

「これで以上です！」

「次から次へとなんだこりゃ……どう見ても3人分。お前、これどうしたんだ？」

「ははは……ちょっとトラブルがありましてね。ギルドに仲裁してもらいつつ、お詫びとして押収した装備なんですよ」

「ギルドが仲裁に入るってのも珍しい話だが……まぁいい。余計な詮索はするもんじゃねーしな。お前が使う分はまったくないのか？」

「ないですよ～武器も鎧も息子さん仕様のがありますしね。あれ良いんですよ！　最近魔法が使えるようになったから大助かりで！」

「ガハハッ！　そうかそうか！　そいつは朗報だな！」

最初は『死にスキル』ならぬ『死に付与』と思っていたけれど、【神通】や【土魔法】の石柱作りは、この装備があるのとないのとではまったく使い勝手が変わってくる。

この装備がなければ、間違いなく今の効率、1日の収入は叩き出せないだろう。

そう思うとパイサーさんには大感謝だな。

「ちなみに付与の【魔力最大量増加】と【魔力自動回復量増加】って、どちらもスキルですよね？　パイサーさんが持っているスキルをそのまま付与したんですか？」

「あぁそうだな。付与のやり方は2種類あるが、この装備に付けたのはスキルの方だ」

「へ～パイサーさんって見かけによらず、魔力系のスキルに強いんですね」

「んなこたーねーぞ？　魔力を使ってりゃーどっちも勝手に身に付く可能性の高いスキルだからな。俺も意識したことはねーが、気付いたらいつの間にか授かっていた」

「ほっほ～って、武器屋がそんなに魔力を使うとは思ってませんでした」

「アホ！　装備売ってるだけじゃ魔力なんてまったく使わんわ！　【鍛冶】だって【身体強化】まで使うやつなら魔力をかなり使うだろうが、俺はそこまでの素材なんて滅多に扱わないしな」

「え？　じゃあどこで使うんですか？　夜寝る時？」

「ふん！　俺だって昔はハンターやってたんだぞ？　そん時の授かりもんだ」

「ええ!?　パイサーさんって先輩だったんですか！」

「そうだぞ！　先輩なんだからちっとは値引きも控えろよ？　まぁランクはCが限界だったけどな」

「いやいや、十分凄いですって。僕なんてまだFランクですよ？　Cランクならいろいろな魔物を狩れるんでしょうね～ドラゴンとか？」

「馬鹿野郎！　ランクC程度でドラゴンなんぞと出くわしたら、あっという間に消し炭にされて骨も残らんわ！　ランクCなら精々トカゲだトカゲ！」

カウンターで出してもらったお茶を飲みながら、そんな、ある意味くだらない話をする俺とパイサーさん。

間違っても、なぜハンターを辞めたのかなんて話は振らない。

どうせ辞める切っ掛けなんて碌なものじゃないんだ。

また過去の傷をほじくり返してしまう可能性があるなら、無理に触れる必要なんてないだろう。

一度息子さんの件で失敗しているわけだしな。

しかし……

最初は警戒心剝き出しで値引き交渉なんかしていたけど、なんとも居心地の良い店になったものである。

パイサーさんも話に夢中で、ちっとも鑑定をしている様子がない。

装備がカウンターの隅に置かれたままである。

それで良いのかパイサーさん……

まぁ、いいか。

どうせまだ時間は朝の8時くらいだ。

昼までに教会で女神様達との顔合わせが済んでいればいいのだから、俺は休日なんだしパイサーさんのペースに合わせてのんびりさせてもらうとしよう。

なんかパイサーさん、楽しそうだしね。

▽　▼　▽　▼　▽

時刻は腕時計時間で10時頃。

結局2時間近くも長居してしまったパイサーさんの武器屋を出て、俺はおやつの串肉と、初めて買った果実を両手に持ちながら教会近くのベンチに座っていた。

持ち込んだ装備の売却額は結局10万ビーケに。

途中で息子さんの革鎧をタダで貰ったことを思い出し、俺がやっぱりお金はいらないと言ったら前回の二の舞。

パイサーさんと俺の闘いが再度勃発してしまった。

全部で30万ビーケというパイサーさんに対し――

「僕から高く買ったら高く売らないといけないでしょうが！　それなら安く買い取って新人の後輩ハンターにでも安く譲ってやってくださいよ！」

――という強烈なストレートが炸裂し、なんとかパイサーさんを黙らせることに成功。

「ふぐぐっ……」

と、次の言葉が出てこないパイサーさんには思わずニマニマしてしまった。

なぜ得られる金が減ってそんな心境になるのかは未だによく分からない。

まぁ解体用のナイフなんて、特に最初は欲しいのに手が出しづらい武器だろう。

俺だって町長からの礼金がなければまず買えなかった。

中々ナイフの中古は出回らないようなので、3本程度でも多少は貢献することができたはずだ。

その分、俺がいずれ【付与】に携わることがあれば、遠慮なくパイサーさんに聞くつもりなわけだし、結局はウィンウィンな関係ということになるな。

「さーて、そろそろ行くか」

串肉の残りを頬張りながら、広場を抜けて目的の場所へ。

小さい子供と散歩をしている派手な髪色の親子や、広場で体操をしている老夫婦の姿を見ていると、やっぱりこの町って平和だよなーと感じる。

悪いやつもいたけど、それはどこの国、どこの町に行ったたって同じこと。

あとは比率の問題だろう。

そう考えるとベザートの町は実に平和だ。

良い意味で田舎町。

時間の経過が遅く、休暇を取ればのんびりとした気分を味わえる。

あくまでも休暇を取れば、だが。

(問題は俺が、自発的に休みを入れるのかって話だよなー)

そんなことを考えていたら目的地である教会へ到着。

入口にはこの前来た時にも声を掛けた若いシスターが掃き掃除をしていた。

「こんにちは～」

「あっ！　先日も来られた方ですよね？　メリーズさーーん！」

「……」

もしかしてこの子は、俺のことが嫌いなのかな？

あまりのバトンタッチの早さに驚愕（きょうがく）するも、用があって来ているのだから、若いシスターを追わないわけにはいかない。

トボトボついていくと、礼拝堂の長椅子を拭いているメリーズさんがすぐ視界に入った。

「こんにちはー」

「あら坊や。今日はゆるい格好してどうしたんだい？　もしかして、もう一度職業選択かい？」

「いやいや、さすがにそんな数日の修行でどうこうなるとは思ってませんよ。女神様への祈禱（きとう）――、というか単なるお祈りですね。今日は休みだったので寄らせてもらいました」

「まぁまぁ、信仰深い子だねぇ。ハンターに疲れたら〈神官（プリースト）〉を目指すのもありかもしれないね」

「ははは……」

もう神官さん用の【神託】スキルは持ってますとも言えないので、前回のお詫びと、ちょっと長めにお祈りをしたいということで持ってきた果実を渡す。

「今は誰もいないようですけど……自分の悩み事とか整理したいこともあったりして、ちょっとだけ長めにお祈りしたいなーと思ってるんですけど大丈夫ですかね？」

「昼の鐘が鳴ってから混みあうことが多いから、この時間ならまず問題ないさ。職業選択で悩むこともあるんだろう？　誰か来たら私が声を掛けておくから、満足するまでお祈りしていきな！」

「ありがとうございます。これ、美味しいのか分かりませんけど良かったら皆さんで食べてください。特に神官さんには申し訳ないことしてしまったんで」

「そんな気にする必要もないのに……ってこれ、ラポルの実じゃないか！　高かっただろう？」

「え？　あー……まぁまぁ、気になさらずに」

「爺さんだって気にしちゃいないのに、なんだか悪いねぇ……でもせっかくの頂き物、皆で有難くいただくことにするよ。お祈りが終わったら声掛けるんだよ。坊やの分も切り分けておくからさ！」

「ありがとうございます。それじゃまずはお祈りしてきますね」

そう伝えて神像の前へ。

前回も跪いた、円形の指定ポイントへと向かう。

あの果実があるからどうこうというわけじゃないけど、これで多少は長くお祈りポーズをとっていても、メリーズさんがなんとかしてくれるだろう。

さて、分かってくれるかな？

（女神様、昨日の話の流れで遊びに来ましたよ）

するとかなり不明瞭だが、何やらノイズがかった雑音混じりの声が聞こえてくる。

「よぶ…………も……い…………」

とりあえず反応はあった。

あとは結界がどうのと言ってたし、意識が向こうに飛んだらきっと声を掛けてくれるだろう。

そう思って緊張しながら目を瞑っていると、前の時と変わらず。

特に何も違和感を覚えないまま、目の前から聞き覚えのある声が聞こえてきた。

「もういいよー！」

この声はフェリン様だ。

ゆっくり目を開けると、以前にも見た長閑な風景の中に佇む、面識のない3人の女性。

「既にお話しした方もいらっしゃると思いますが……初めまして、俺がロキです」

平静を装い、まずこちらから挨拶をすると、それぞれが順番に名乗ってくれる。

「やっとお会いできましたね。私が商売の女神、リステと申します」

「私が昨日話した豊穣の女神、フェリンだよ！」

「ふふっ、私が生命の女神フィーリルですよ～」

ふぅ――……

気付かれないようすぐに視線を外し、ソッと細く、息を吐く。

予想はしていたが……凄いな。

最初の時は恐怖ですぐにそんな感情が吹き飛んでいたけど、こうして正常な気持ちで眺めてしまうと、あまりにも際立った容姿に言葉を失ってしまう。

銀糸のような光沢のある長い艶髪に、切れ長の目をした端麗で知的なお方がリステ様。

臙脂色のショートヘアーで、可愛いに極振りしたような笑顔の眩し過ぎる少女がフェリン様。

ライトブラウンのゆるふわパーマをした、優しそうな雰囲気を醸し出しながらも身体が凶悪なのはフィーリル様。

これは……忘れようと思っても忘れられない。

「ロキ君〜？　先ほどから全て漏れてますからね〜？」

「………もう、帰っていいですか？」

「ダメに決まってるでしょ！　ほら、こっちこっち！」

凶悪とか心の中で呟いちゃったんですけど……？

この思考が筒抜けなのはいくらなんでも反則過ぎるから勘弁してよ！

フラフラとした足取りのまま手を引かれて案内された先には、芝生の上にポツンと存在している丸いテーブルと4脚の椅子。

3人が思い思いに座るので、俺も空いた椅子に座るとすぐに良い香りが。

見れば湯気の立つカップが俺の前に置かれており、色を見る限りは紅茶のように思える。

が、先ほど椅子に座る時は無かったはずなのに、いったいいつの間に用意されたのか。

摩訶不思議現象だが、女神様達のいる世界なわけだし、考えるだけ時間の無駄だろう。

とりあえず紅茶の匂いを嗅いでいると、対面に座ったリステ様が口を開く。

「お忙しいでしょうに、わざわざ足を運んでいただいて感謝しています」

「あ、いえいえ。最初にここへ連れてこられた時はどうなるかと思いましたが……和解後は俺も皆さんにお会いすべきだと思っていたので大丈夫ですよ」

「そうそう！　それだよそれ！　よくリガルとリアに嚙みついて生き残れたよね？　前代未聞だ

よ！」

「あの2人は気性が穏やかではありませんからね～。だから最初は警戒してあの2人と、まとめ役であるアリシアの3人でロキ君に臨んだわけですけど～」

「呼ばれた経緯はなんとなく聞きました。俺は正規のルートで入ってきていない異物ということで、この世界を管理されている女神様達が警戒するのも当然だと思いますから」

「そう言っていただけると助かります。世界に大きな破局を齎（もたら）すスキルではないと聞いていますので、もう安心していただいて結構ですよ」

「うんうん！　私達はロキ君と、ロキ君の持つ謎のスキルや知識に興味があるんだよね！」

「私達が知らない、この世界の根幹に関係する情報をお持ちなんですよね～？」

「そこはどうなんでしょうね？　俺はこの世界がどう作られたのか分かりませんから。ただ話を聞く限り、女神様達よりもさらに詳しく自分の能力を把握しているのかなとは思っています」

「悔しいな～リアが言っていた通り、直接魂を見ても【神眼】が通らないや！」

「思考は読めるのに、不思議なこともあるものですね～？」

「え？　てっきり意識だけこちらにあると思ってましたけど、今って魂の状態なんですか!?」

言われてすぐに自分の身体を見てみるも、普通に服は着ているし肌が透けているわけでもないしで、まったく実感が湧かない。

身体ごと飛ばしたと言われた方がしっくりくるくらいだ。

「そうですよ。身体から魂だけを抜き出してこちらの世界に呼んでいます。身体も一緒に、というのは私達では無理ですから」

「ということは、今教会にはもぬけの殻となった無防備な身体が残ってるわけですか……」

「教会で悪事を働く人種なんてそういませんから大丈夫だと思いますよ～？　【時空魔法】も掛けていますしね～」

「ん？　この世界と向こうの世界の時間経過が違うとか？」

「そうそう！　完全に止めることはできないけど、ここの時間経過はだいぶ遅くしてあるから、よほど長くいなければ大丈夫だよ！」

「問題になる前に魂だけの維持が難しくなるので、強制的に下界へ戻されてしまいますしね」

ふーむ……

どうやら高等な魔法やスキルを使いまくっているようで、何をやっているのか俺にはさっぱり理解できない。

さすが女神様達と思うしかないな。

その後も出された紅茶を飲みながら、世間話の延長のような、非常に穏やかな時間が流れていく。

俺のステータス画面で分かっていることを教えてあげたり、思考を読むことや魂を抜き出すなんてことも実はスキルであることを教えてもらったり。

それを聞いて思わず、いつか俺も使えるんじゃゃ？　と興奮してしまったが、そもそも女神様達にしか与えられていない特殊なスキルも多くあるとのこと。

そして人に分類される種がもし取得できたとしても、効果と取得難易度は大概比例するので、理解不能なレベルのスキルは短命な人間だとまず取得不可能なんていう悲しいお知らせを受けたりした。

長命種だからやっと得られるスキルとか、そんなの胸熱なんだけどなぁ。

そして話は、先日中途半端に触れてしまった女神様達の上司――フェルザ様の件に移る。

「そういえば、リステ様にお伝えした上司の件は大丈夫そうですか？」

不安を煽るようなことを言い残してしまったのだ。

軽率だったかなと、少し心配していたが。

「あれね〜。皆と少し相談はしたけどさ。結局私達にできることは何もないなって。いつも通り世界の監視、観測を続けていくことになったよ」

明るい口調のまま、フェリン様がこのように答えてくれる。

「フェリンの言う通りです。フェルザ様に何かしらの意図があろうと、私達には私達の役割があり、より良い世界へ導くために下界を観測し続けなければなりません」

「でももしかしたらロキ君という存在が、私達とは違う視点で様々なことに気付かせてくれるかもしれませんね〜」

「え？」

どういうことだろう？

違う視点？

「私達はこの世界の大局を視ているのであって、小さな一つ一つの出来事まで見るようなことはできませんからね～」

「そうそう！　フィーリルが世界の人口推移とか観測してたりするけど、戦争が起きて死人が増えれば気付けても、戦争が起きる前には気付けない。それに戦争が起きたからといって特別手を加えたりもできないんだ」

「あくまで監視、観測だけをしているということですか」

「私達が下界に干渉するなど、よほどの事態でもない限りは禁忌ですから。それこそ人種滅亡の要因になり得る事象でも発生しないと関与しません。だからこそ、フェルザ様がもし絡んでいるとするならば、ロキ君がこの世界に降り立った理由はそこに繋(つな)がるのではないかとも思っています」

「なるほど……」

確かに、神様らしい発想だな。

いちいち細かい出来事など気にしないというのは想像通り。

だから庶民代表であり全てを楽しむ気満々の俺が世界を見て回れって、そういうことなのか？

なんだか、ちょっと勇者っぽい立ち位置な気がしなくもないが。

「そろそろ時間ですね。ロキ君、最後に確認したいことがあるのですがよろしいですか？」

「え？　あ、はいなんでしょう？」

リステ様の覚悟を決めたような眼差(まなざ)しに、いったい何を聞かれるのかと思わず身構えてしまう。

もしや、とんでもない責任を背負わされるのではないだろうか……？

「あなたが元いた世界は、なんという名称で呼ばれていましたか？」

「んん？　世界に名称はなかったと思いますけど……住んでいたのは『日本』という国ですね。もっと大きな括(くく)りで言うと『地球』という星に生まれて生活していましたが」

「なるほど、やはり『地球』の方でしたか……」

「それが何か関係でもあるんですか？」

「いえ……いや、ロキ君にはある程度お伝えしてもいいでしょうね」

「フェルザ様が管理されている世界の一つに地球があるんですよ～」

「フェルザ様曰(いわ)く『管理している中で一番の成功例』とも言える世界らしくてね。私達はその成功例にあやかりたくて地球人種の魂を呼んでくることがあるんだ」

「それは以前リア様が心配されていた……この世界が見捨てられていることとも関係が？」

「うっ……そこを突かれると痛いんだけどなぁ……」

「正直にお伝えしておきましょう。仰(おっしゃ)る通りで魔法やスキルに頼った結果、この世界は長く文明が停滞してしまっています」

「緩く停滞し続け、そのまま終焉(しゅうえん)を迎える世界と予想されているみたいですね～。だからこそ魔法やスキルに頼らず先進文明を築けた『地球』の知恵と知識がこの世界には必要なんですよ～」

「……もしかして、勇者タクヤというのもその1人ですか？」

「あら、もう知っていたのですね？　彼もそのうちの1人ですよ」

「なるほど……たぶんですがその人は僕と同郷、つまり日本人な気がしますね。名前的にですが」

「そうなんですか～。彼は『地球』の知識をいろいろと広めてくれているらしいですから、スキルを奮発した甲斐もあったというものです～」

なるほど。

なるほどなるほどなるほど！

女神様達の目的、異世界人の待遇、そして求められていること。

――ここでようやく、いろいろな点が線で結ばれていく感覚を覚える。

以前宿屋で見かけたこの文明には似つかわしくない眼鏡の存在。

なぜか皿やフォークは木製なのに、コップだけはガラス製という違和感のある食事風景。

これが異世界人、たまたまこの世界に来た地球人が知っていた知識で、部分的にテコ入れした結果と思えば納得もできる。

そうかそうか、そういうことだったか。

――いやしかし、そうなると俺が呼ばれた理由もそういうことなのか？

俺は技術的な知識を何も持ち合わせていない。

ガラスの作り方だって分からないし、何かこの世界に一大革命を巻き起こすような知識は何も持っていないはずなんだ。

（うーん……俺には何が求められているのだろうか……そしてなぜ、女神様経由ではなく上位神様経由？）

同じ管理世界のようだし、そうなるとどんぐりはフェルザ様なのだろうが、直接俺をこの世界に連れてきた理由が皆目見当もつかない。

「ロキ君が悩む必要はありませんよ。この世界に呼び込んだ方々も、既知である知識の中でこの世界に貢献いただいているだけで、無理に何かをさせているわけではありません」

「そうそう！　新しい人生を楽しんでもらうついでに、何かこの世界に残してもらえればなって、私達が望んでいるのはその程度だからさ！」

「人種にはできることとできないことがあるのは承知していますから、だからできることだけで良いんですよ～」

「できること、ですか……」

「なので無理やり拉致されたというロキ君にお願いするのも烏滸がましい話ではありますが、ぜひ、ロキ君の持たれている知識でこの世界の文明水準を底上げできる何かがあれば、助言をいただきたいと思っています」

そう言って頭を下げる3人を見てしまうと、なんだか自分の知識のなさが申し訳なくなってくる。

「も、もちろんです！　正直自分には大した知識がありません。なので何ができるか分かりませんが、残せそうな部分、気付く部分があればそのお手伝いはさせてもらいますよ」

「ありがとうございます。特に商売の女神である私が、主に異世界人の知識について担当しておりますので、何かあれば私に相談してください」

「ちょっとリステ？　そんなこと言ってロキ君を独り占めする気じゃないよね？」

「リステに相談しても、直接下界に干渉できないのですからあまり意味がないですよねぇ～？　別の目的があるんじゃないですか～？」

「そ、そんなことあるわけないでしょう！　有益な知識を広めるためには商売の力が必要なんですよ？　私がお力添えしなくて誰がするんですか!?」

目の前にはギャーギャーと騒ぐ女神様達3人。

そんな姿を微笑ましく思いながらも、俺がこの世界でできることを考えてみるが——

本当になぜ、物作りの知識などなく、引き籠ってゲームばかりしていた人生経験の浅い俺を、わざわざこの世界に呼んだのだろうか？

▽▼▽▼▽

ふぅ……

祈りながらも目を開け、自分の魂が身体に戻ったことを確認する。

向こうにいた時間は定かではないが、体感で10分20分くらいだっただろうか？

すぐに立ち上がり辺りを見回すも、特に俺の後ろで順番待ちをしている人の姿はなく、まずはそのことに安堵する。

教会が開いている時間に直接来ないといけないのはネックだが、それでも【神通】に比べて長く、そして直接顔を見て話すことができる分、今回のやり方はより密にコミュニケーションを取ることができるな。

何よりも目が幸せだ。

あの姿を同時に見られるのは眼福過ぎる。

ただ理解はしておかないといけない。

彼女達は女神様――つまり神様だ。

明らかに立場が違うし、特にフェリン様の気安さに慣れてしまうと碌なことにならない気がするので、関係性はほどほどに。

直接会うのはよほど大きな出来事があった時くらいにしておくべきだろう。

纏まった時間話せる代償として、その間は狩りも中断してしまうわけだしね。

教会の出口に向かって歩くと、やはりそれほど時間が経過していないのか。

別の長椅子を拭いているメリーズさんの姿が確認できる。

「メリーズさんありがとうございました。お祈りしてちょっと自分の中のモヤモヤがスッキリしましたよ」

「おや、それは良かったね。それじゃこっちおいで」

そう言われてメリーズさんについていくと、今まで入ったことのない部屋へ通される。

そこは炊事場と食堂になっているようで、やや大きめな木製の机に椅子が左右４つずつ並んでいた。

そしてテーブルの上には皿に載った黄色い果物。

「ほら、ラポルの実だよ。坊やが持ってきたんだから先にいくつか食べちゃいな」

「あれ？　皆さんまだ食べてないんですか？」

「私達は昼の鐘を鳴らしたら食事休憩に入るから、その時に余ったものをいただくよ。坊やのなんだから遠慮するんじゃないよ?」

そう言われても、自分で食べるために買ったわけじゃないしなぁ。

まぁ実がそれなりに大きく、切り分けられた果実が20個以上はありそうなので、1~2個いただくくらいは問題ないだろうが。

ヒョイッと1個摘まんで咀嚼すると……

「あまっ!」

「そりゃそうだよ、有名な高級果実だからねぇ。普通は貴族連中が食べるもんであって、庶民は1年に1回でも食べられればマシなくらいさ」

うーむ、そう言われても納得できる甘さだ。

日本で食べた糖度の高いメロンやブドウよりもさらに甘い。

それで3500ビーケ、しかもこの大きさなら逆に安いくらいだろう。

「そう思うと随分安かったようにも思えますね。実も大きいですし」

「量は取れるからね。これが生産もまともにできない果実なんかになったら、庶民は一生食べられないよ。世の中には魔物からしか採れない希少果実だってあるみたいだし」

「ほっほーそれはそれは、興味深い……」

そんな魔物もいるなら、いつか必ず見つけださないとな。

最後にもう1個味わってから、メリーズさんにお礼を言って教会を出る。

路地に隠れて腕時計を見れば、時刻は11時前。

これならゆっくり昼ご飯も食べられるだろうと、町の散策を開始した。

▽▼▽▼▽

ご～ん、ご～ん……

昼の鐘が鳴り響く中、俺はハンターギルドに入り、アマンダさんへ声を掛ける。

「ギルドマスターからの指名依頼で来ました。どうすればいいですか？」

「あの装備は無事売れたみたいね。ギルマスを呼んでくるからちょっと待っててちょうだい」

そう言われて受付前の長椅子に座っていると、お食事処で飯を食っていた数組のハンター達がチラチラとこちらに視線を向けてくる。

「おい……ギルマスからの指名依頼だってよ？」

「ああ、そんなのベザートの町にもあるんだな」

「なんであんなガキにわざわざ？　俺でもよくねーか？」

「あいつの持ち帰る素材量を上回るくらいじゃないと難しい依頼なんだろう？　なら無理だろうよ」

「そう言われると無理だな……」

はぁ、この流れが続くとしんどいなぁ……

相手が勝手にビビッてちょっかい掛けてこなくなるならいいんだが。

「ん？　何を凹んでいるんだ？　装備が高く売れなかったか？」

視線を躱すように項垂れていたら、いつの間にかヤーゴフさんが目の前に立っていた。

「装備はほどほどに売れたので大丈夫ですよ。それより噂になっているなーと」

「あれだけのことをやったんだからしょうがない。そのうち落ち着くだろうし、そこまで気にするタイプでもないだろう？」

「まぁそうなんですけどね。ただ面倒事がまた増えたら嫌だなーと思いまして」

「ふむ。アデント達の結末を知ってもまだ突っかかってくるようなやつが、この町にいるとは思えんがな……」

そう言いながら歩き始めたヤーゴフさんについていけば、普段は入らないスタッフエリアとも呼ぶべき事務スペースの中へと入っていく。

「え？　僕がここ通っていいんですか？」

「ああ、ここからでないと行けない場所だからな」

そう言われれば通るしかない。

恐縮です～と縮こまりながら事務スペースを通ると、なぜかアマンダさんも俺の後ろをついてくる。

もうこの流れが当たり前に感じ、突っ込む気すら起きない。

そしてヤーゴフさんはいくつかの鍵を取りながら、１人の男性職員に話しかけた。

「ペイロ、お前もついてこい」

「……分かりました」

言われて立ち上がったペイロさんは俺をチラリと見るが……なんだろう？

少し怯えたような目をしている。

あの一件のせいかな？

何もされなければ無害だと思うのだが。

そのまま4人で事務スペースの奥にあるドアの先へ入っていくと、そこには地下へと続く薄暗い階段があった。

「ロキ、ここからは他言無用だ。指名依頼にはその分の金も含まれているから頼むぞ」

「分かりました。話す知り合いもいませんからご安心ください」

なんだか自分で言ってて切なくなるが、実際話す相手がいないのだ。

俺ほど口が堅い人間もそういないだろう。

ヤーゴフさんを先頭に階段を降りる面々。

一切窓もないため、途中途中にある魔道具へヤーゴフさんが魔石を入れ、明かりを灯しながら進んでいく。

そして地下1階を素通りし、さらにその先、地下2階へ。

もうこの時点で、よほど厳重に管理されているんだろうということは想像がつく。

軽い湿気とカビ臭い匂いを感じながら黙ってついていき、ヤーゴフさんが1つだけあるドアの鍵を開けると、両サイドに木の棚がある6畳程度の小部屋が存在していた。

「本当ならここから事前に持ち出して、日の光が入る明るい部屋で見せるべきなんだろうがな。それ以上に誰かに見られることを避けたかったから直接ここまで来てもらった」

そう説明しながらいくつかの魔道具に魔石を入れていくと、うっすら見えていた何かの全容が判明する。

「……」

「これらは約6年前、とあるハンターがパルメラ大森林で拾ったらしく、そのままギルドで預かった遺留品とされている物だ。アマンダがそのハンターから当時受け取り、ここにいるペイロが遺留品の管理担当として厳重に保管してきた」

「そうでしたか」

「ロキにはこれらが何か分かるか?」

そう言われたって、パッと見ただけで現代人ならば誰でも分かる。

「ええ、分かりますよ」

そこにあったのは、元は白かったのだろう。

明らかに血だろうなと思われる液体によって部分的に黒く変色した片方のスニーカー。

そしてどの年代かまでは分からないがスマホと、千切れた線……イヤホンケーブルだな。

あとは電池が切れている腕時計か。

明らかに現代人、転移した人間の持ち物が置かれていた。

この時計を見たから、ヤーゴフさんは俺がしていた腕時計を『時計』と判別できたわけか。

「あるのはこれだけですか？」

「ああそうだ。この3つ以外に謎の物を拾ったという報告は受けていない」

「詳しく見ても？」

「もちろんだ。見ながらでいいから解説を頼みたい。特にガラスが付着したような謎の板についてだな」

「それは構いませんが、アマンダさんとペイロさんでしたか。お2人は事情を知っているんですか？」

「ロキが異世界の人間であることは今日伝えた。だが安心してくれ。遺留品はギルド内でもこの3人しか知らないし、今後も伝えるつもりはない。あとは国の上層部も一部この遺留品のことを知っているが、ロキに関しては一切報告しないつもりだ」

独立組織であるはずのハンターギルドが国に報告した。

そのことに多少の引っ掛かりは覚えるも、この腕時計なんて見たら、一発で知識がなくとも大騒ぎになるような発見だろうしな。

「分かりました。ではまず1つ目ですけど、これは分かりやすいんじゃないですか？　僕のいた世界でよく見かけた靴、その片割れです。メーカー……ここにあるロゴも知っていますから、間違いなく僕のいた世界の物だと思います」

「革とは違うが、その素材は何でできているんだ？」

「正確な素材まではちょっと。ただ……メッシュ素材が多く使われているので通気性重視、軽いですしこれはランニングシューズじゃないですかね」

「ランニングシューズ？」

「走ることに特化した靴と言ったら分かりやすいですか？　僕のいた世界だとビジネス用、主に革製品の靴だったり、山登り専用の靴、あとは運動用の靴とか、用途に合わせて複数分類されているんですよ」

「なるほど……ちなみにロキの目から見て、その靴をこの世界で再現することはできると思うか？」

「うーん、僕はこの町しか知らないですからね。王都や他の国がどの程度の技術を持っているのかさっぱり分かりません。実際ベザートの町と比較して、他所（よそ）の技術や文明の発展度合いはどうなんですか？」

　一応は確認するが、リステ様が言っていた通り、魔法によって文明の進化が止まっているような状況ならばまず絶望的だろう。

「もちろん片田舎にあるベザートよりは王都などの方が物の質は良いが……それでもそう大差があるものではないな。まず他の国でも同様だろう」

「となるとかなり難しいでしょうね。石油って言って分かりますか？　それがないとプラスチック部分は加工できませんから」

「石油？　聞いたことがないな……どういったものだ？」

「地中に埋まっている天然資源です。ドロッとした黒いもので、たぶん地下数千ｍとか深いとこにあるものですね」

「ち、地下数千mだと!? どうやって掘り、どうやって引き上げるのか想像すらできないな……」

「でしょうね。かなり大がかりな機械を使って掘っている印象がありますから、人の力だけでは無理だと思った方がいいです」

「そうか。他のやつはどうだ?」

「こちらはヤーゴフさんの予想通り、時計で間違いないですよ。『腕時計』と呼ばれる腕に巻くタイプの物です」

「ロキが身に着けていたのと同じような物か?」

「ですね。電池で動く、時間だけを知ることができる時計っぽいです」

「ん? 電池?」

「あーっと、簡単な説明くらいならできるんですけど、詳しくは……」

「……一応お願いしていいか?」

「電池は電気を生み出す物です。中で起きた化学変化で電気が生まれ、その電気を使ってこの時計は動きます。なのでもしこの時計に合った電池があれば、再び動く可能性もあると思います」

「ほ、本当か!? その電気というのは!?」

「問題はそこなんですよね。電気は一番分かりやすそうな例で言えば『雷』でしょうか。あれを人工的に作れれば電気になります。僕のいた世界だと手近なところで石炭を燃やして電気を作ってましたけど、この世界なら魔法に雷属性があると思うので、もしかしたらいけるのかもしれません。

ただ電池は相当難しいと思いますよ。特にこのような腕時計に使うタイプの小型なモノは。もちろん僕は技術者ではなく、買って使う側だったので作り方はまったく分かりません」

「くそっ！　再現できればと思ったが、やはりダメか……」

冷静沈着な印象だったヤーゴフさんがこのような姿は見せるとは。

２人もその反応に少し驚いているな。

「ただですね。この腕時計も靴も、完全再現はできなくても近づけることはできるはずです。時計であればこの世界のお金持ちは持っていると聞きましたが本当ですか？」

「あぁ本当だ。ただ持っているのは限られた極一部の貴族連中だがな」

「ちなみに懐中時計は？」

「あの小さいやつか？　王族くらいしか持っていないような気もするが……一応あるにはあると思う」

「なら懐中時計の延長ですよ。電気ではなく、ネジで巻くタイプの腕時計だってあります。懐中時計に革ベルトを巻けば近いものにはなるんじゃないですか？」

「なるほど……靴の方は？」

「靴も素材に拘(こだわ)ったら無理でしょうけど、例えばこの靴の空洞部分。ここの型を正確に測って、今用意できる素材で模造するだけでもだいぶ違うと思いますよ。この手の靴は人が走りやすいように、そして疲れにくいように計算されて作られていますからね。なんとなく足の形にして靴を形成するのとは別物ですから、そういった部分をこの世界で吸収すれば良いと思います。そこからはできるだけ軽く、そして丈夫に。得られる素材をどう組み合わせていくかが鍵になるんじゃないですかね」

「お、おぉ……」

「血がついちゃってますけど、飾って眺めるだけでは何も分からないと思うので、一度履いてみたらいいんじゃないですか？　サイズは――、26．5㎝なので、成人男性の方にでも」

そう言った瞬間、ヤーゴフさんはペイロさんを見る。

上司に無言で訴えかけられたからだろう。

拒否権というものもなく、恐る恐る靴を履き始めるペイロさん。

「どうだ？」

「す、凄いですよこれ！　まるで履いてないみたいです。それにしっくり来ると言うか、履いててもまったく違和感がないような？」

ランニングシューズならそう感じるだろうね。

特にベザートのハンターが履いている、革製の重い靴なんかと比較してしまえば、天と地ほどの差を感じることだろう。

「僕のいた世界の靴ならそう簡単には壊れませんから、履いていろいろ試して寸法を測って、この形状に近づけたら良いと思います」

「凄いですね異世界の人は……こんな代物が当たり前の世界か……」

「貴重な意見感謝する。それでロキ、一番私達が理解できないこの板はなんだ？」

「これは――……」

「なんだ？　ロキでも分からない物か？」

「いや、何かは分かるんですけど、一番説明が難しいと言いますか……僕のいた世界でも超が付くほどの天才が作り出した物なので、この世界の人が再現するのはどうやっても不可能ですね。これだけは言い切れます」

「そ、そんなに凄いものなのか……」

「凄いなんてものじゃないですよ。正直構造を理解して自ら再現できる人なんて、僕のいた世界でもほぼいないです。皆が買える環境にあるから便利だし持っているけど、使いこなせていた人もほとんどいない気がしますね」

「いったいなんの用途に作られた物なのだ？」

「ん～分からない単語がいっぱい出てくると思いますけどいいですか？　それとそれぞれの詳しい仕組みを解説することもできません」

「頼む……」

「まず電話やメールという基本的なところから写真や映像の撮影、保管、転送、編集、ネットによる情報の収集や提供、アプリで個人の用途に合わせた追加機能の選択……その延長で買い物をするとか、好きな音楽を聴けたりゲームなんかもできたりします。あとは腕時計と同じく時間も分かりますし、今自分がどこにいるのか、どこに行きたいかも分かれば、必要な時間や最適な道筋なんかも分かります。逆にこれがあって分からないことを探す方が難しいくらいです」

「「……」」

「残念ですがこの板――、スマートフォンって言うんですけどね。これだけは諦めた方がいいです。仮に分解したところで糸口すら摑めないと思います」

「ロキの……ロキのいた世界は……いったいなんなのだ……？」

「魔法やスキルが無い世界ですよ。だから化学とか物理学とか、様々な学問が伸びた世界でもあると思います。なので漠然とした内容ですけど……今から方向転換をして、１０００年くらいひたすら天才達を中心に研究しながら知識を上積みしていけば、もしかしたらこの板が作れるようになるのかもしれません」

「１０００年……」

「完成させるためには先ほど言った電気とか、あとは電波や衛星だったり物凄い数の問題を解決していかないといけないので、いくら魔法やスキルがあったとしても、数十年程度でどうにかなるものでは絶対にないでしょうね」

たぶんヤーゴフさんは、異世界人である俺にこの遺留品を見せ、用途や作り方の手掛かりが摑めれば再現したいと思ったのだろう。

そりゃそうだ。

この世界じゃどう考えても存在し得ない物体が目の前にあるんだから。

だが、ズレが大き過ぎる。

俺じゃなくても再現するための土台がなさ過ぎて、同品質のモノを生み出すことなど不可能だろう。

——さて、どうしたものか。

少しばかり思考を巡らすも、すぐに先ほど話した女神様達との会話が頭を過る。

女神様達に何かあれば手伝いますよって言ったんだよな……

俺にできることなど本当に少なく、限られてはいるが。

「ヤーゴフさん、それにお二方も。先ほど他言無用と言われましたが、僕が異世界人であるという秘密も厳守していただけるんですよね？」

「それはもちろんだ。ロキに迷惑を掛けるようなことはしないと約束する」

「そうね……そんな秘密も守れないようじゃ、アデント達の比ではない末路を辿りそうだわ」

ペイロさんは言葉にしないが、アマンダさんの言葉に激しく首を縦に振っている。

この3人が地球の知識を活かせるかは分からないけど、些細な切っ掛けから物事が大きく動き出すことだってあるかもしれないんだ。

既にこの3人には異世界人とバレている身。

逆に言えばこの3人にしかしてあげられないことだってある。

それならば——

「もしよければ、僕の所持している異世界の持ち物、見てみますか？」

——その言葉に、目の前の3人は言葉を失った。

▽　▼　▽　▼　▽

俺は今、泊まっている宿『ビリーコーン』の中でも比較的大きい、4人宿泊用の部屋にいた。

時刻は腕時計時間で20時手前。

事前の話ではこの部屋にヤーゴフさんとアマンダさん、それに遺留品管理担当のペイロさんの3人が来ることになっている。

俺が荷物を持って外へ出なくてもいいようにという、ヤーゴフさんの配慮でこの部屋を借りることになった。

もちろんお代はギルド持ちだ。

加えて時間は22時までで、俺が見せる物はこの部屋から持ち出さない。

あくまでこの場で解説をするだけという条件を付けている。

さすがに貸し出すことはできないからね。

俺は既に夕食を食べて身体も拭いた後だが……

彼らはギルドの仕事が終わった後にすっ飛んでくると言っていたので、きっと何も食べずにそのまま来るつもりなのだろう。

それでも見たことのない異世界産アイテム。

俺の提案に一瞬意識を飛ばしていたが、理解したと見るや3人共即答していたので、喜ばれることはあっても恨まれることはないはずだ。

1つだけ、見せてもしょうがないモノは伏せさせてもらうけど、それ以外は全て公開して分かる範囲の解説をしてあげよう。

――コンコンコン。

「ロキ、ヤーゴフだ。入ってもいいか?」

「ええ、大丈夫ですよ」

こちらからドアを開けると、ヤーゴフさんとアマンダさんの2人が入口に立っていた。

「あれ? ペイロさんは?」

「屋台でいくつか食べられる物を買いに行っている。私達は時間が惜しくてそのままこちらに来てしまったからな。後ほどこの部屋に来るだろう」

「ははっ、彼がお使いに行っているわけですね」

「一応多めに買ってくるよう伝えておいたから、ロキも必要なら食べてくれ」

「ありがとうございます」

そんなやり取りをしながら部屋の中に迎え、1つのベッドの上に載せている鞄(かばん)と、一応用意しておいたスーツや革靴を手で示す。

「これが僕がこの世界に飛ばされた時に持っていた荷物と、あとは身に着けていた衣類です」

「最初にギルドへ来た時はまさにこの格好をして、この鞄を持っていたわよね。もう懐かしく感じちゃうわ……」

「そうですね。あの時は無一文で宿にすら泊まれませんでしたから」

「その状況からよくこの短期間で、期待の新人と呼ばれるまでになったものだな」

「ただ必死に魔物を倒しているだけですけどね」

言いながら俺は2人が注目する鞄の中身を取り出す。

「直接手に取っていただいても結構です。何か気になる物があれば言ってください。分かる範囲で解説しますよ」

「これはギルドの保管庫にあった板と同じ物か？　少し形状は違うようだが？」

「あぁそのスマホは同じと言えば同じですけど、こちらの方が新しい型になりますね。ここにあるレンズとか、違いがいくつかあると思います」

「なるほど最新型か。ちなみにこれは動かせるのか？」

「ん～試してみますけど無理じゃないですかね……もうこの世界に飛ばされて1ヵ月くらい経ちますから、電池は切れているでしょうし」

念のため電源を入れ直すが、やはりダメだな。

画面は真っ黒のままで起動することはない。

結局一度も使えないまま終わったなーハイテク機械。

「その動作をして、電池というものがあったとしたらどう動くのだ？」

「この画面にいろいろと表示されて指で操作するんですよ。と言っても口頭だとかなりイメージが湧きにくいと思いますけど」

「この小さく薄い板がな……確かに、まったく想像ができん」

「ちなみにこちらの細長い方が、このスマホという物の前時代に広まっていた物です。電話という機能に特化しているタイプですね」

「そういえば先ほども言っていたな。その電話というのは？」

「えーと、例えば今買い出しに行っているペイロさんがこのような機械を使って直接話すことができたりします。見えない遠くの人と話す媒体を電話と思ってもらえればいいですね」

「ふむ……所持している者はかなり少ないと聞くが、スキルの【遠話】と似たようなものか」

「へ～そんなスキルもあるんですか。どういうものか知らないので判断が付きませんけど、電話なら国を跨いで遥か遠くの相手と話すことも可能です」

「なんだと？　そこまで遠い距離を……」

「ロキ君！　この四角いのは何!?　押したら何か出てきて怖いんだけど！」

「え？　あ、あぁそれは電卓という物です。えーと、難しい計算を代わりにやってくれる物だと思ってください」

「は？　この中に何かがいるの？」

アマンダさんは電卓を横から透かしたり、裏返したりしている。

先ほどヤーゴフさんもスマホで同じようなことをしていたし、分からないとそういう発想になるのか。

「違いますよ。説明するとややこしいんですけど、二進法という0と1の数字に全てを変換して計算するようにプログラム……って言うと余計複雑になるか。まぁそう組み込まれているんですよ。なので人ができる暗算の範囲を大きく超えた計算を瞬時にやってくれます」

「す、凄い……まさに国宝級の第二遺物じゃない！」

「ん？　第二遺物？」

「この国では私達が保管しているあの3つの遺留品を第二遺物と呼んでいる。当時のギルドマスターが国に報告し、その報を受けて異物関連に多少なりとも知識があり、ハンターギルドと繋がりのあった私がここへ配置されたというわけだ。まさかこのような形で動く実物を目にするとは思わなかったがな」

「あの腕時計も発見当初から動いていなかったんですか？」

「ああ。形状からおおよそ時計と同じ用途だろうという判断はできたが、持ち込まれた時には既に停止していた」

「なるほど。ならこれも一応動く物ですよ。懐中電灯と言います」

「む？　小さいが……結構重いのだな」

「ですね。それなりに丈夫なんで、これでゴブリンを殴ったりしてました」

「鈍器としての役割なのか？」

「いえいえ、このボタンを押してみてください。あっ、人には向けないでくださいね」

「ぬおっ！　なんだこれは!?　光魔法でも付与されているのか!?」

「そんなわけないですよ、魔法が無い世界なんですから。電気とそれによって発光するＬＥＤという物が組み込まれています。用途は暗がりを光で照らすという――まぁ魔法にもありそうな機能ですね」

「確かにそのような魔法はあるが……いや、しかしこの光量は凄まじいぞ。とても目を開けていられない」

そう言ってヤーゴフさんは目を細めながら、変な顔をして懐中電灯の先端を見ようとしている。

気持ちは分かるが、危ないいな。

「最悪失明する可能性もあるので止めた方がいいですよ」

「お待たせしました！　屋台でいろいろと買ってきましたよ！」

「やっと来たか」

「ぎゃーっ！　まぶしっ！　まぶしーーーーーっ!!」

「げっ！　ヤーゴフさん、それ人に向けちゃダメ！　ペイロさんの方に向けちゃダメーっ!!」

「む？　あ、済まない反射的に手もそちらに向いてしまった。ペイロ、大丈夫か？」

「ダメです！　僕はたぶん死ぬんです！　やっぱり異世界は危ないんです！」

大げさに蹲り、頭を抱えるペイロさん。

何かトラウマがあるのかと勘ぐってしまうくらい、ビビり方がちょっと異常だ。

「いやいや、武器じゃないんですから大丈夫ですよ。それにちょっとだけですし、僕も昔はよくやられましたから」

「へ？　あ、あぁ……まだ何か目がおかしいけど見える……良かった……」

「ねぇねぇロキ君。これってペンよね？　インクは見当たらないけど、どうやって使うの？」

「それはですね。中にインクが含まれていまして――……」


こうしてそれぞれが屋台飯を食べながら、未知のアイテムに興味を抱き、俺の覚束ない説明に唸り、時に感嘆の声を上げる。

ペイロさんは宿屋の女将さんのところで飲み物を買ってくるという新たなミッションを与えられていたので、あまり直接手で触れたりはしなかったが。

それでも俺が所持している物を一通り見せ、何がこの世界でも再現できそうか、または近い物が作れそうかと、俺も含めて4人は頭を捻って考え込んだ。

そしてその中で。

まだ可能性がありそうで、かつ再現すべきだと思う物が満場一致で決まる。

それは――

「もしこの『紙』が再現できれば、世界は一変する。間違いなくな」

「そうね。木板とこの『紙』とじゃ、情報管理のしやすさが全然違うわ」

「希少で高価な『紙』が当たり前のように流通すれば本も増えて、それだけ情報が広く出回るようになるのかもしれませんね」

そう、俺が抱えていた大量の書類――つまりは紙だった。

所持物ならどれだって製造できれば大きな変化は生まれるだろうけど、紙は庶民から特権階級まで、かなり幅広い層が触れることになる。

それにプラスチックだ電池だと、俺からすれば宇宙に行くのと変わらないくらいゴールまでの壁が分厚いわけではない。

依頼ボードに掛けられているのも木板だし、ハンターギルドの奥にある事務スペースも山積みになった木板だらけ。

ヤーゴフさんの部屋だって同じかそれ以上に酷(ひど)いし、紙がどれほど希少かは資料室の鎖で繋がれた本を見ただけでもすぐに理解できるわけで。

もし『紙』が生み出せれば、この世界にとってかなり大きな前進になるだろうと、俺もそう思うわけだが。

「問題は、作り方が分からないんですよねぇ……」

結局はそこだ。

子供の頃から当たり前のようにあるから使っていただけで、この綺麗(きれい)な紙がどう作られているのかなど俺にはさっぱり分からない。

製紙会社にでも勤めていなければ、正確な工程なんてほとんどの人間が知らないだろう。

仮に知っていたとしても大量生産されているわけだから、そのための機械を用意しろって話になりそうだし。

「何かこう、糸口になりそうな情報だけでも持っていたりしない？」

アマンダさんからの縋るような視線。

唸りながら改めて考えてみるも、知っていることと言えば、材料が木材の破片だということくらい。

小学生の時に牛乳パックをふやかして分厚い再生紙を作った記憶もあるが、あれだって元の紙があるからできたことだし、何も手元にない状態からではとてもじゃないが――。

その時の朧気な記憶を手繰り寄せた時。

顎を摩っていた手が、ピタリと止まる。

……そうだな。

確かに俺は、昔に一度作っている。

完全な工程など知らないし、これが確実に正解だと断言もできない。

それにこのタイプの紙とも違うが、紙作りという点で部分的に分かることも、ある。

「え、っと……結局は、繊維……重要なのは繊維で、それだけを分けるように取り出して、ドロドロというか、綺麗に均すために細かくするんです。で、網の目の上で濯ぐみたいに振ったような記憶が……」

「え？　えっ？　ちょっ……待って！　急に重要なことを話し出さないで！」

「ペイロ！　今の言葉を余さず記録しろ！　書くモノはその袋の中だ！」

「し、承知しました！」

急に慌ただしくなる宿の一室。

でも俺は俺でそれどころじゃない。

断片的な記憶から当時なぜそのような行動をとっていたのか、その時求められていた完成品を想像しながら自分なりに補完していく。

そして――。

「なるほど……重要なのはふやかした細かい繊維とやらと、それらを均等に均すための敷台か……」

「綺麗に均してそのまま乾かしていたはずなので、敷台の底はかなり細かい目の方が良いと思います」

「繊維っていうのは、なんの植物からでも得られるのかしら？」

「じゃないですかね？　ただ間違いなく向き不向きはあると思いますけど」

「ふむ。あとはこのように白くなるかも不明か……」

「ええ、僕の時は元から白かったので、色を抜くような知識がありません」

「承知した。それでも十分過ぎる情報だ。改め感謝する、ありがとうロキ」

「いえいえ、参考になったようであれば何よりです」

俺が伝えられるのはここまでだ。

狩りの時間を削ってまで直接製造に係(かか)わるつもりはないし、あとはこの情報を元にどこまで形にできるのか。

それはヤーゴフさん達次第だろう。

せっかくなら時間がかかってでも、和紙のような紙が出来上がってくれればいいんだけどな。

時計を見れば、もう時刻は21時半。

これでそろそろお開きかな?

そう思っていたが。

「それでだ。ここまでしてもらえるとは思ってもみなかったのでな。お礼と言ってはなんだが……ロキはこの世界にいる異世界人に興味はあるか?」

「え?」

「あくまで私が知っている範囲でだが、ロキが必要ということなら包み隠さず話してもいいと思っている」

唐突過ぎる提案。

いずれ女神様に聞こうかと思っていたが、下界との直接的な接触ができない以上、情報も自ら転生させた異世界人、かつ鮮度の低い内容が中心になってくるだろう。

しかし今目の前にいるのは、情報が集まりやすそうな立場にいるギルドマスターだ。

しかも『出る杭は打たれる』なんて、一言ではあるけど誰かから日本語を直接教わったとしか思えない人。

ならば答えは決まっている。

「ぜひ、お願いします」

俺はそう言って頭を下げた。

▽
▼
▽
▼
▽

やや込み入った話になるということで、アマンダさんとペイロさんの2人は帰宅し、俺とヤーゴフさんの2人だけとなった宿の一室。

ヤーゴフさんは宿屋の女将さんからワインを1本購入してきたようで、自らグラスに注ぎながら話し始めた。

「さて、まず何から話すべきか。いや……その前に1つ、確認しておきたいことがある」

「ん？　なんでしょう？」

「先ほどロキはこの世界に来て、まだ1ヵ月程度と言っていたな？　それは間違いないか？」

「そうですね。気付けばパルメラ大森林の中にいて、初めて訪れた人里がこのベザートの町です」

「それまでの記憶が抜け落ちているとか、そういった可能性は？」

「さすがにそれはないと思いますよ。前の世界で飛ばされる直前の記憶もまだしっかりありますから」

「ふむ。となると、やはり今までの異世界人とロキは、似ているようでまったく異なる存在だな……」

女神様達との会話を思い出す。

女神様達は文明を発展させるため、亡くなった地球人の魂をこの世界へ呼ぶと言っていた。

つまり転生してこの世界に生まれるということ。

対して俺は転移して中途半端な状態からこの世界をスタートさせている。

だから異物扱いされた。

女神様達の言っていたことと、ヤーゴフさんが覚える違和感には整合性が取れている気がする。

「転移か転生かの違いということですね」

「転移と転生……しっくり来る言葉だな。この世界に異世界人がいることは周知の事実だ。歌にもなるくらいだから子供でも知っている。だがロキの言う区別で言えば異世界人は全て転生者のみであって、転移者を名乗る人間は私が知る限り1人もいない」

「……僕の予想ですが、いないのではなくいたんですよ。だからパルメラ大森林にあのような遺留品が残っていたんです」

「つまり転移者は皆死んでいるということか？」

「全員かは分かりません。そもそもどれくらいの人数がこの世界に飛ばされたのかも分かりませんからね。ただ僕自身、常に死と隣り合わせの状況でなんとか森を脱出したという経緯がありますから、生きて抜け出せる可能性はかなり低いのではないかなと思っています」

「つまりパルメラのどこかには、まだ遺留品が残っている可能性もあるということか……答えたくなければ答えなくてもいい。以前、ロキは目的があると言っていたが？」

「それは単純な話で、森からの脱出ですよ。生きるために森を抜け出し人里へ行くこと。それが当初の僕の目的でしたので」

「なるほどな……これでようやく合点がいった。呼び付けた時は済まなかったな。私がいろいろと勘ぐり過ぎていたようだ」

「どういうことですか?」

「私は異世界人が全て転生者とばかり思っていた。だからロキが転生者である可能性が高いと判断し、最悪はこの町に大きな害を為す可能性もあると、かなり警戒していたのだ」

「え? この世界の転生者って、そんな印象を持たれているんですか?」

害を為す可能性?

どうも女神様から聞いていた転生者の印象とはまったく違うような気がする。

「今この大陸に、異世界人であることを公言している者が4人いる。その誰もが特別な力を持ち、言ってしまえばこの4人……いや3人か。その3人が世界を回していると言っても過言ではない」

「それは、良い意味でではなく、ということですよね?」

「人によって捉え方は違うだろう。だが富が一極に集中し、突出した武力によって他国の領土が奪われ、特にここ5年くらいは戦争が頻発してしまっている」

「なるほど……」

とんでもでもスキルをゲットして、調子に乗りまくっている姿がなんとなく想像できてしまう。

チート能力を得られなかった身としては、自然と拳に力が入る。

「でも富に関しては、それだけ革新的な物が生み出されて、人の生活が便利になったり豊かになったりしているということではないのですか?」

「それは否定しない。その側面があることも事実だ。しかしやっていることの大半は長距離輸送──世間の一部では『転送』と呼んでいるが、決まった国同士の間を瞬時に、かつ膨大な荷物を運ぶことで巨万の富を得ている。恩恵にあずかる者もいるが、一方で多くの商人や荷運びが仕事を失っているし、転送を可能にするためにはその転生者がいる国の属国にならなければ認められない。最終目的は他国の領土ということだな」

「革新的な何かが生まれれば、古い物、古い仕組みが淘汰されるのは自然の流れだと思いますが──それでも強引と言うか、覇権争いの一部にも思えますね」

「各国の上層部は皆ロキと似たようなことを思っているだろうさ。武力で土地を奪うエルグラント王国とヴェルフレア帝国。物流と金で土地を奪うアルバート王国。そして不可侵地帯にもなっているエリオン共和国。このままいけば最終的には転生者を抱えたこの4国のみが残り、あとはどこかしらに併合される可能性が高い」

「あの、一応参考程度に、どの国にどんな転生者がいるか教えてもらえますか?」

「ああ構わん。と言っても分かる範囲でだが……」

そう言って教えてもらった4人の転生者は、良くも悪くも好き勝手に生きているという印象だった。

大陸の北西を大きく占める大国、エルグラント王国に所属しているのがその国の王太子であるタクヤ──通称『勇者タクヤ』である。

現在確認されている異世界人の中では最も有名であり、俺でさえ『魔王ロキ』を倒した人物として既に名前は耳にしている人物だ。

ただ『魔王ロキ』を倒した人ですよね？　と聞いたら、あれは空想の御伽話であって、実際にはそんな魔王などいないとのこと。

作り話で自分を主人公にしちゃうとか、いろいろな意味で凄過ぎる気がするな。

ちなみに俺がこの名前を名乗ったことで、余計にヤーゴフさんは何かあるのか？　と警戒していたらしい。

ただ転生者の中では一番の人格者らしく、むやみに人を殺めるような話は聞かないものの、他国の女性だろうと容姿が優れていれば抱え込むことでかなり有名とのこと。

要はハーレム野郎確定である。

ヤーゴフさんが直接会ったのはこの勇者タクヤで、その時に彼から『出る杭は打たれる』という、異世界の言葉を教えてもらったらしい。

当時の心情でも伝えたのだろうか？


次にこのエルグラント王国とバチバチにやり合っているのが、大陸の南西に位置する大国、ヴェルフレア帝国。

周囲の小国はほぼ飲み込まれ、ここ5年はずっとエルグラント王国と戦争状態にあるらしい。

所属している転生者は、現帝国の元帥である『シヴァ』という人物らしいが……

名前からして、どう考えても俺と同じ要領で付けたっぽい気がするし、まず本名ということはないだろう。

勇者タクヤといい、生みの親からこの世界で名前を貰っているはずなのに、転生者は改名癖でもあるのかな？

名前がシヴァでは日本人かも不明である。

勇者タクヤとは違って女子供も容赦なく殺すらしく、並の兵では見ただけで膝を突いてしまうほど恐ろしい存在らしいので、転生者の中で最も要注意な人物ということになるな。


そして3強のもう一つが大陸の東にあるというアルバート王国。

ここがスキルによる転送物流によって財が集中してしまっている国らしい。

ただ厳密には国というより、そこの貴族でもある転生者『マリー』個人が途方もないお金持ちらしく、王様も何も言えないくらいの影響力を持ってしまっているとか。

大陸の西端を属国にしているため、上下を挟んでいる2大国へ戦争物資も提供しているらしく、どちらの国にも戦争を煽りつつ財を吸収しているとのこと。

大陸中央付近にある国々は、転生者マリーの存在によって通行税や荷に掛かる物品税などの税収減少という打撃を受けつつも、属国という選択を簡単に取れるわけもないため、今の現状をただただ傍観するしかないらしい。

最後に謎めいた国とされているのが、大陸の南東に位置するエリオン共和国。

元は獣人が多く住まう国だったようだが、現在は人間である『ハンス』という男が元首を務めており、このハンスが転生者と公言している。

強大な魔物を複数使役していることで有名らしく、好戦的ではないものの相当数の戦力を保有。

過去には帝国が海から回り込んで攻めたこともあるらしいが、その帝国があっさり魔物の大軍に殲滅（せんめつ）されてからは、手を出すと恐ろしい反撃を食らう国と認知されるようになり、どの国も警戒を強めているとのこと。

手を出さなければ何もされないなら、そもそも警戒の必要もないのでは？　と思ったが、どうやら獣人奴隷を抱えていると突然襲われるという噂が立っているため、奴隷を抱える各国の貴族やそれなりの規模の商人は戦々恐々としているようだ。

話を聞く限りでは戦争や領土争いには興味がなさそうなので、この４人の中では一番マシな存在に思えてくるけどね。


ふーむ……

さすがヤーゴフさん。

ギルドマスターというだけあって、他国の支店ギルドとも情報のやり取りをしているのだろう。

あくまでヤーゴフさんの主観も入った情報だろうから全てを鵜呑（うの）みにはしないが、それでも女神様から見えている異世界人の印象とこの世界に住んでいる人の印象。

ここに齟齬が生じていることは気に留めておこうと思う。

ただ……あくまで自分自身に害がないよう注意しておこうというくらいで、俺がその話を聞いて何かしようという考えはない。

俺はこの世界の救世主ではないし、そもそも何かを成せるほどの能力なんて持ち合わせていない弱者なんだ。

だから俺は、俺の望む生き方を。

コツコツと地道に魔物を狩りまくって強くなる。

今は強くなりたいという願望が満たせればそれでいいと思っているし、それが結果的に何かあった時の自衛に繋がる。

そう考えたらチート能力の有無は別にしても、俺はこの4人と同じ穴の狢。

人に迷惑を掛けるつもりはさらさらないが、好き勝手に生きるという意味では大差ない存在だな……

そんなことを考えていたら、ヤーゴフさんが再度口を開いた。

「ロキ、気を付けろよ？」

「転生者にですよね？　巻き込まれないように気を付けますよ。とりあえず大陸の東西には近づかないように――」

「そうじゃない。規模に拘わらず、各国の動きに気を付けろと言っているんだ」

「え？」

「私は約束通りロキの能力について余計な詮索はしない。だがそれぞれの国は違うぞ？　ここ、ラグリース王国だってそうだ。異世界人を引き込めれば強国になれると思っているし、事実その通りになっているのがこの世界の現状だ」

「つまり……いろいろな国から勧誘を受けると？」

「異世界人と知ればあの手この手と、持ち得る限りの手を使ってロキを手に入れようとするだろう。重職という名誉や富をチラつかせてくるだけならまだマシだ。最悪は力尽くでロキを手に入れようとする国だって出てくる可能性が高い」

「うえぇ……」

「それだけ異世界人を抱えていない多くの国は、侵攻や経済の打撃を受けて切羽詰まっているんだ。お前が富や名誉で納得するなら別だが……今の顔を見るにそうではないのだろう？」

見透かしたような目を向けるヤーゴフさんに、俺は正直に頷く。

「そうですね……富や名誉が嫌いなんてことはまったくないですけど、自分自身の成長を考えれば二の次です」

「なら尚更だ。可能な限り異世界人であることを隠せ。と言っても今のような狩り方をしていれば、必然的に目立つからいずれ勘づかれるだろうがな。そこをどう調整するかはロキ次第だ」

そう言われ、自然と視線は天井を向く。

できるのにしないのは性に合わない。

自重などしたくはない。

でもしないと、面倒事に巻き込まれる可能性が高くなる……か。

「確証はないが、公言せず、ひっそりと生活をする異世界人もいるという噂は少なからず聞く。それも一つの手だし――」

「ヤーゴフさん、僕は自重なんてしませんよ。少し想像してみましたけど、性格的に無理だなって、すぐ結論が出てしまいました」

「……それもそうだな。今までに持ち帰った素材量を考えれば愚問だった。ということは……」

「普通に勧誘いただく程度であれば問題ありませんが、力尽くで来るようならこちらも力で対抗するしかないと思っています。そのような考え方が僕は大嫌いなわけですから」

そうだ、結局はゲームと同じだ。

明確な敵として前に現れれば全力で潰す。

それしかないだろう。

「アデント達を見ればそうなるのだろうな……だが私もこの世界の住人だ。さほど心配はしていないが、頼むから無関係な人間まで巻き込まれるようなことはしないでくれよ？　もしそうなれば、私はお前に殺されることを覚悟の上で、ロキが異世界人であることを世に公表しなければならなくなる。注意喚起のためにな」

「そんなことをするつもりはありませんよ。ただただ魔物を狩って強くなりたい。そんなハンターにありがちな僕の願いを邪魔するなら、というだけの話です」

残ったグラスのワインを一気に呷(あお)り、「それならまだ安心だ」と、ヤーゴフさんは困ったような顔をしながら呟く。

本音を言えば異世界人である俺にはひっそりと、それこそほどほどの範囲で過ごしてほしいのだろう。

異世界人が台頭してしまっているという今までの話を聞けば、なんとなくその雰囲気も伝わってくる。

でも――、やるからには誰にも害されることのない、最強の座を目指したいんだ。

チート能力はなく、加護もなく、職業選択すらできないけど……

それでも、せっかくの努力が実る世界。

やるだけのことはやってみたい。

（極力迷惑は掛けないようにします）

そう心の中で呟きつつ、この話し合いの場はお開きとなった。

▽▼▽▼▽

ふっ……はっ……ふっ……

「そいっ！」

ブシュッ！

目の前で腹を裂かれたポイズンマウスが倒れる。

と同時に視界を流れるアナウンス。

『【毒耐性】Ｌｖ７を取得しました』

「おしゃっ！」

待ちに待った光景だ。

歓喜の声を上げながらもすぐに首を落とし、魔石を抜き取ったら尻尾も落とす。

あれから10日ほど。

異世界人の情報を聞いたところで俺がやることは変わらない。

雨が降ろうが強風だろうが、休むことなく朝から晩まで狩り続け、とうとう念願の【毒耐性】レベル７を獲得した。

逸る気持ちを抑えながら、俺は【土魔法】による石柱で自らを持ち上げ、安全地帯の上でサンドイッチを齧りつつステータス画面を確認する。

名前：ロキ（間宮悠人）　レベル：11　スキルポイント残『41』　魔力量：１４０／１４０（72＋18＋装備付与50）
筋力：45（39＋６）　知力：51（40＋11）　防御力：１５０（38＋１１２）　魔法防御力：44（38＋６）
敏捷：56（38＋18）　技術：49（37＋12）　幸運：46（43＋３）
加護：無し

称号：無し
取得スキル：【棒術】Lv1【剣術】Lv2【短剣術】Lv1【挑発】Lv1【狂乱】Lv1【火魔法】Lv2【土魔法】Lv3【風魔法】Lv4【採取】Lv1【狩猟】Lv2【解体】Lv2【異言語理解】Lv3【気配察知】Lv3【視野拡大】Lv1【遠視】Lv1【探査】Lv1【算術】Lv1【暗記】Lv1【俊足】Lv1【毒耐性】Lv7【魔力自動回復量増加】Lv1【魔力最大量増加】Lv1【神託】Lv1【神通】Lv2【突進】Lv3

（しゅ、しゅごい……）

思わず脳内で噛んでしまうくらい、スキルレベル7の上昇値は大きかった。

レベル6で30の上昇にも驚いたが、レベル7になれば60もの上昇。

粘っただけの価値はあったと言える。

スキル経験値を小まめに計測していたところ、レベル6から7の区間はおおよそ5匹倒すと1％上昇。

1％未満の小数点は表示されないためあくまで推測だが、仮に未取得からスキルレベル1の必要経験値を『100』とした場合、スキルと経験値の関係性はおおよそこのくらいになることが分かってきた。

スキルレベル1取得に必要な経験値は100

スキルレベル1所持魔物から得られるスキル経験値は1匹当たり20

スキルレベル1から2に必要な経験値は200

スキルレベル2から3に必要な経験値は600

スキルレベル3から4に必要な経験値は2000

スキルレベル4所持魔物から得られるスキル経験値は1匹当たり400

スキルレベル4から5に必要な経験値は20000

スキルレベル5から6に必要な経験値は60000

スキルレベル6から7に必要な経験値は200000

このことからたぶんスキルレベル2や3の魔物も、必要経験値の5分の1が魔物から得られる経験値だろうことが予想できるな。

そして数値化することで見えてくる、高レベルスキルを所持した魔物の重要性。

特に弱いくせして特定のスキルレベルだけ高いようなら、まさにボーナスタイムといった具合でステータス爆増を狙う大チャンスとなるわけだ。

あとはここから【毒耐性】レベル8を目指すべきかどうか。

この増え方だと次は1ヵ月どころでは済まないかもしれないし、そろそろ一度ルルブの森へ行き、オーク辺りと戦ってみて自分の防御力がどの程度通じるのか確認するべきだろう。

既にステータスは防御力が合算150。

そこに鎧の硬さも追加されるので、これでもまだ痛いようならロッカー平原で追加の引き籠り確定である。

「それにしても、いろいろなスキルをゲットしてきたなぁ……」

分かっていて取得やレベルアップを狙ったモノ、なんとなく狩りをしていたら取得できてしまったモノと様々だが、それでもこうやってスキルの取得数が増えてくると楽しみに拍車がかかるというものだ。

【火魔法】は魔力が余った時に、消費魔力が『2』で済む指先マッチをやり続けていたらいつの間にかレベルが2に。

【魔力最大量増加】、【魔力自動回復量増加】も魔力消費を意識的にやっていたので、そのついでに上がったのだと思われる。

ここら辺はパイサーさんの言っていた通りだな。

そして嬉しい【剣術】は連日通い詰めた賜物(たまもの)とも言うべきで、ひたすら剣で倒していたら上がったし、逆にこれだけ倒しても上がらなかったら困るくらいだ。

ただ【短剣術】は意識していなかったので意外だった。

ナイフは魔石を取ったり討伐部位の切り取りに使ったりしていたが、【解体】に判定が回っていると思っていたのでラッキー獲得みたいなものである。

【遠視】、【視野拡大】はだだっ広いロッカー平原でひたすら魔物を探していたから。

【算術】、【暗記】は1匹の上昇値を測定したり、あと何匹で上がりそうかなどを計算したりしながら狩りをしていたから。

【俊足】は移動で可能な限り走っていたから。

この辺りは取得できた理由もなんとなく分かるが、よく分からないのは【挑発】、【狂乱】、【探査】の3つだ。

【挑発】はポイズンマウスが複数匹被っている時などに釣るような動きは取っていたものの、そこまで待ち狩りをした記憶もない。

慣れた頃には魔物を見つけ次第ひたすら突っ込んでいたので、いまいちどういう条件で取得できたのか謎が残る。

そしてもっと謎なのは【狂乱】という——、名前からしてなんともヤバそうなスキルだ。

ちなみに詳細説明はこのようになっていた。

【狂乱】Ｌｖ１　使用後は全ての通常攻撃動作に能力値１２０％の限定補正を行う　ただし制限時

間が経過するまで、周囲の生物に対する通常攻撃動作以外を行うことができなくなる　使用制限時間1分　魔力消費0

いやいや、怖過ぎるだろう。

まさにバーサーカー状態。

使用時間1分の戦闘アクティブ系スキルなので、ロッカー平原で使えばまず問題なさそうな気はするが……

格下狩場ならコレがなくても十分狩れるよねって話になるし、魔力消費0が有難いくらいの、使い所がよく分からないスキルである。

ちなみにまだ怖くて一度も実験すらできてない。

ベザートの町中で使ったら大惨事の匂いしかしないし、ステータスボーナス目的と割り切った方が良いような気もする。

あとは予想外ながら、超が付くほど嬉しかったのがこの【探査】スキル。

非常に使い勝手が良く、レベル1の状態でも使用者を中心に半径30mの探査機能を発動してくれる。

同じような【気配察知】はレベル3でも半径15mだが、こちらは動く物全てが対象。

対して【探査】は『エアマンティス』など、個別に頭の中で探したい対象を思い浮かべると、探査範囲に入れば場所が自然と分かるようになるので、数の少ない魔物を探したい時は相当重宝するスキルになることだろう。

もちろん同時使用も可能なので、ここ数日はどちらも発動させながらエアマンティスを効率良く狩れており、予定よりも早く【風魔法】をレベル4にすることができた。

ふふふっ……

いやー強くなってるなぁ。

強くなってる実感がするよ。

目の前の景色を眺めれば、俺の立てた石柱が所々に立っていて景観も変わってしまっているけど……

もう俺自身のレベルはほとんど経験値バーが伸びなくなってしまっているので、そろそろルブの森に行ってもなんとかなりそうな気がするんだよね。

今日の狩りが終わったら、一度アマンダさんに相談してみるかな？

そんなことを思いながら休憩を終え、後半戦の狩りを開始した。

▽　▼　▽　▼　▽

「お、お願いします……！」

「相変わらずストイックな野郎だな……たまには妥協しろよ妥協を。下ろすのだって一苦労だぞっ、と」

そう言いながら素材がパンパンに詰まった特大の籠を地面に下ろすロディさん。

素材を売る時は背負った籠をそのまま解体場のカウンターへ置くのだが、高さがあり過ぎて中身を取り出せないので、特大籠を作ってもらってからは毎回この流れになってきている。

ちなみにこの籠、2万ビーケで作製してもらった俺専用の籠だ。

用途が狩り目的だけなので、そのまま解体場に置かせてもらっている。

この世界で重量計は見たことがないから、いったいこの籠に荷物を詰めると何kgになるのかは分からない。

ただ体感だと今まで使っていた大型の籠の1．5倍～2倍弱くらいは入りそうなので、たぶん50kgくらいはあるのではないかと思われる。

そう考えると、こんなの背負っても辛うじてジョギングができているわけだから、初期の頃に比べれば明らかに体力はついてきているだろう。

もしくは自分の体重より重いことは確実っぽいので、筋力値が裏で良い仕事をしているかだな。

「こりゃあ新記録じゃねーか？　今日はエアマンティスの魔石が明らかに多いぞ」

「へへっ、狙って狩りまくってやりましたからね……」

「エアマンティスって狙って狩れるような魔物だったか？　まぁいい。ほれ、今日の分だ」

「あ、預けでお願いします～」

「馬鹿野郎、一応確認しねーか。俺がポイズンマウス1匹分って書いていたらどうするつもりだ！」

「そこは信用してますから」

「そうやって油断していると足を掬われるんだぞ？」

「うっ……分かりましたよ確認しますって。えーとポイズンマウス84匹にエアマンティスが31匹分と。たぶん大丈夫です」

「まるで金に興味なしって感じだな……」

「いやいや、かなり興味はありますけど、いつか来る大きな買い物のために今は貯めるだけって感じですしね。そろそろルルブの森に行こうと思っているんで、そしたら何か欲しいモノが出てくるかもしれませんし」

「ふむ……そうだな。これだけロッカーの魔物を狩ってこられるならまず問題はないだろう。っていうか、今ルルブに通っているやつらよりもサクサク狩れるんじゃねーか？」

「そうだと良いんですけどね。まぁそこはホラ、油断していると足を——ってやつなんで、とりあえず明日は休暇にして情報収集しようと思います」

「おう。何か分からないことがあったら聞きに来いよ」

「はーい、ありがとうございます」

（うぐぐっ……肩の荷が下りるとはこのこと。とんでもない解放感だ）

そのまま肩をコキコキ、グルグルと回しながら次は受付の方へ。

するとジンク君達が丁度お金の分配をしているところだった。

「みんな久しぶり～」

「あ、ロキ君だー！」

「おっ！　やっと会えたな！　ポッタ、どうだ？」

「ん？」

なんだなんだ？

なぜか2人の視線はポッタ君へ。

俺も思わず目を向けると、ポッタ君は何かに驚いたような表情を浮かべていたが、その顔はすぐに破顔した。

「分かった！　やっとロキが何言ってるか分かったよ！」

「え？　あっ！ってことは、ついにポッタ君も【異言語理解】覚えたんだ？」

「うん！　やっと！」

聞けば1人だけ会話に交ざれないことをずっと気にしていたらしい。

それで先日、意を決して教会で【異言語理解】を取得してからは、俺に会うことを楽しみにしていたそうな。

まだレベル1だから文字は難しいみたいだけど……

ふふ、会話ができるってだけで全然違うよね。

「やったね！　これで普通に喋れるじゃん！」

「うん！　もう仲間ハズレじゃない！」

そう言ってちょっと泣き始めてしまったポッタ君の背中を摩っていると、真面目な顔をしたジンク君が口を開く。

「あ、そうだロキ、ポーションありがとな。アマンダさんから受け取ったよ」

「そうそう、ありがとね！　さっすが大富豪！」

「なんだそれ！」

とりあえずお食事処のおばちゃんに毎度の氷水を頼みつつ聞いてみると、ベザートで活動するハンター達の間では、既に俺の持ち帰る素材量が異常だという話が周知されてしまっているらしい。

まぁ解体場で鉢合わせすればすぐバレるしね。

隠す気もないんだからしょうがないか。

「有名だよ？　ロキ君お金持ちって！」

「はは……全部預けちゃってるから、どれくらい貯まってるのかもよく分かってないけど」

「そんなに貯めて凄い装備でも買うのか？」

「いや、今のところそれも必要とは思わなくてさ。欲しいと思った時にお金で躊躇いたくないから、今はひたすら貯めてる感じかな」

「すんごっ！」

「羨ましい」

「そっかー……なぁなぁ、ロッカー平原ってやっぱり稼ぎが良くなるのか？」

「やり方によるかな～どうしても移動に時間はかかっちゃうからね。でも敵は思っていたより弱いよ？　パルメラ大森林よりちょっとだけ強いくらい。なになに、行ってみたくなったの？」

聞いてはみたが、聞かなくても分かる。

この顔は間違いない。

ウズウズしている顔だ。

「解毒ポーション貰ったら妙に意識しちゃってな。そっか、ちょっと強いくらいか……」

「ジンク君は【気配察知】持ってるよね？　レベルいくつか聞いても大丈夫？」

「レベルは2だぞ。前にロキから貰った硬貨で確認したから今も2のはずだ。あっ！　そうだ串肉！」

「あぁ、いいよいいよ気にしないで。これから宿でご飯だからさ。でもレベル2なら問題ないかな？　エアマンティスの魔法ってそんなに射程が長くないみたいで、【気配察知】の外から魔法を撃たれたことってないんだよね。撃たれてもたぶんその距離なら大したことないし」

「そうなのか？　当たると剣で切られたみたいにバッサリって聞いてたからさ。怖くて行かなかったんだよ」

「たぶんジンク君なら大丈夫な気がするけど……ただあそこは採取するような物がなさそうだから、メイちゃんが暇になっちゃうかも」

「えーそうなの？　なら私は何すればいいの？」

「そうだな～解体できるなら解体担当になっちゃうといいかもね。そしたらジンク君がすぐ次の魔物に当たれるでしょ？　ポッタ君はそのまま素材運び担当って感じで」

「解体も一応できるよ！　気持ち悪いけど！」

「ん～……」

唸りながら、ジンク君達がお金を広げていた目の前のテーブルを見る。

(ざっと3万ビーケ弱か……となるとポイズンマウス5匹分程度だし、それを超えるだけなら楽勝だろう。ただ万が一があっても責任取れないんだよなぁ……)

問題はそこだ。

勧めるだけなら誰でもできる。

コツだって知り得る限りで教えることも可能だ。

しかしジンク君達はまだ子供であって、何かあれば既に面識があるメイちゃんのご両親はもちろん、ジンク君やポッタ君の親御さんにも合わせる顔がなくなる。

コンコンコンッ……

指で椅子の背を叩きながら暫し考えを巡らし——

3人に対して、俺は一つの提案をした。

「一応確認だけど、本当にロッカー平原行ってみたい?」

「あぁ、どんなものか試してみたいな」

「私も見に行ってみたい!」

「僕も僕も! お金が増えるなら嬉しい!」

「そっか。ならさ、俺明日は休みにする予定だったから、実際どんなところか一緒に行ってみる?」

「えっ? 休みなんだろ?」

「休みって言ってもルルブの森に向けて情報収集しようと思っていたくらいだからさ。そんなに時間はかからないし、例えばお昼の鐘が鳴ってから出発ってのはどう？　それなら午前中に用事済ませちゃうから」

「もしそれでいいならお願いしたい！」

「うんうん！　ロキ君がいれば安心～！」

「丸1日じゃなければ僕もしっかり運べると思う！」

「それじゃ明日の半日使ってお試しで行ってみよっか。ただし、今後もジンク君達が継続して通えるかを判断するんだから、よほどじゃない限り俺は手を出さないよ？」

「もちろんだ。ロキの後をついていくだけじゃ意味ないからな！」

「楽しみー！　あっ！　お父さんにナイフ借りなきゃ！」

「僕はいつも通りでいいの？」

「ポッタ君はいつも通りで大丈夫だよ。たぶんパルメラより荷物が軽くなるんじゃないかな？　ホーンラビットみたいに丸ごと持って帰るなんてないからさ」

そう言って明日の約束を決めた後、分配の手伝いをしてから俺はアマンダさんに声を掛ける。

「アマンダさん、ご相談が！」

「何かしら？」

「Eランク魔物を狩る特別許可をいただきたくてですね。ヤーゴフさんに相談してもらえないでしょうか？」

「あら、それなら必要ないわよ？」

「え？」

「ロキ君がEランクにしてほしいって言ったら、すぐにしていいってギルマスに言われているから」

「あ、そうっすか……」

「連日記録更新し続けているような人をFランクのままにしておくわけないでしょう？」

「それならそうと言ってくれれば――」

「まったくここに立ち寄らないのは誰かしら？　伝えたくても伝えられないのは誰のせいかしら？」

「ふぐぐっ……すみませんでした……」

確かにお金は全部預けているので、夜に受付の方へ来ることはない。

かと言って朝も依頼に関係なくロッカー平原で魔物を狩るだけなので、籠を受け取ったらそのまますぐ狩場に向かっちゃってたし……そうなると俺が悪いな、ウン。

でも良かった。

これでとりあえずルルブの森に行ってもちゃんと換金はできる。

いずれ大きな買い物をする時は必ず来るのだから、ちゃんとEランクにして常時依頼をこなせるようにはしておいた方がいいだろう。

そんなことを思いながら、目新しさの欠片もない。

『E』と表記された鉄のカードをアマンダさんから受け取った。

そして翌日。

いつもより少しゆっくり起きた俺は、ハンターギルドの資料室に足を運んでいた。

（出てくる魔物は3種……リグスパイダーが毒持ちという情報はなし、と……）

ハンターなり立ての頃に興味本位で眺めた魔物情報を、今度は本気で狩るために再確認していく。

何を持っていき、何を省くか。

事前に聞いていた情報だと、ベザートの町からルルブの森は片道3時間もかかる距離にある。

余計な荷物を持っていく余裕はないので、持ち物は必要最小限に。

しかし必須の物は忘れないようにしていかなければ。

予習したら次はロディさんの下へ。

「ロディさん、作業しながらで構いませんから、ルルブの森の素材情報を教えてもらえませんか？」

「早速来たか。面倒な皮剝ぎの作業はそんなにないから大丈夫だぞ」

そう言ってカウンターの方へやってきてしまうが、仕事の邪魔はしたくないので、できればそのまま作業を続行していてほしい気持ちでいっぱいだ。

そんな俺の気持ちなどお構いなしにロディさんは説明を始める。

「ルルブは前にも言ったと思うが、一番金になるのは兎にも角にもオークの肉だ。普通の家畜より単純に美味いこともあって肉自体の価値が高い。それに1匹でかなりの量が取れるからな」

「1匹でいくらくらいになるんですか？」

「丸々持ってくるやつなんていないが、仮に1匹丸ごととなると20万ビーケくらいにはなるだろう」

「ほほぉ……それは確かに高い気がしますね」

「だが2mはある魔物だ。担いで持って帰るなんてことはできないから、ハンターはその場でバラして肉と討伐部位、あとは魔石を持ち帰る。その時に1匹分の肉を可能な限り持ち帰るか、価値の高い上質な部位だけを持ち帰るかはそのパーティ次第だな」

「なるほど。肉も部位によって善し悪しがあるということですか」

まるで地球の牛みたいだが。

どの部位が美味くて高いかなんて、名称はなんとなく知っていても、どの辺りに付いている肉なのかまでは分からない。

「効率的に狩るなら肉の知識も必要になるな。いろいろな部位を食えば自然と身につくもんだが……まぁ分かりやすいところで言えば背中周りの肉は基本的に高い。複数匹のオークを狩って高い部位だけを狙う連中は大体その辺りを持ち帰るぞ」

「ちなみにその背中周りにある高い部位でどれくらいの大きさになりますかね？　あとお値段も」

そう言うと、ロディさんは魔道具だろうか？　業務用冷蔵庫のような四角い入れ物の中から、凍った肉塊を持ってきてくれた。

「これが肉質が良くて高く取引される部位だな。『B』ランク素材で買取は6万ビーケってところだが……ホラ、持ってみろ」

「うっ、結構重いですね」

「だろう？　大きさ、重さを考えても大型の籠に4～5個程度が限界だ。しかも肉なんてすぐに質が悪くなる。いかに素早くオークを狩り、他の魔物の攻撃を掻い潜りながらバラして持ち帰れるか。それが上手くできないやつらは、1匹倒したら質に限らず可能な限りの肉をすぐに持ち帰ることが多い」

「なるほど……」

軽く頭の中で計算してみたものの、ロッカー平原に残るハンターがいるというのも頷ける内容だ。

狩場までは往復6時間。

素材は大型の籠に詰めても精々30万ビーケ。

しかもそれは迅速にオークを狩れる上級者向けパーティの場合で、のんびりやっていたらどんどん肉の質が低下して換金額も落ちてしまう。

慣れていない場合は、1匹分の肉を詰めるだけ詰めて15万ビーケくらいだろうか？

1匹だけ倒せばそれでいいというメリットはあるのかもしれないけど、パーティによってはロッカー平原の方が収入も高くなってしまうのだろう。

「あのー参考程度にベザートにいるハンターで、1日のルルブ最高報酬額ってどの程度なんですか？」

「最高で40万台ってところだな。お前以外に唯一特大籠を使っている連中でそのくらいだ」

「……」

「だからまぁ、なんつーか……ロキが行ってもあまり意味はないと思うぞ？　いくらお前が優秀でも、1人で行って肉の質を落とさずに特大籠を埋めるなんてのは難しいだろうし、そもそも1日2往復できる場所じゃない」

「ですよねぇ……」

それでも念のために教わったルルブの森の素材情報はこの通り。

オーク：常時討伐依頼で1匹3000ビーケ。その他魔石で3500ビーケ。肉は高額買取可能だが部位と量による。討伐部位は鼻。

リグスパイダー：常時討伐依頼で1匹2500ビーケ。その他魔石は2800ビーケ。放出した後の糸に需要あり。値段は糸の量による。討伐部位は頭。

スモールウルフ：常時討伐依頼で1匹2400ビーケ。その他魔石で2500ビーケ。毛皮に需要があり皮を剝ぐこと推奨。毛皮は1匹当たり5000ビーケ。討伐部位は尻尾。

ふむ、詳細を聞けば聞くほど絶望的だ。

もちろんパルメラ大森林に比べれば報酬は良くなるだろうが、悲しいかな、ロッカー平原が良過ぎた。

そういうことである。

魔石の価値からして属性魔石ではないようだし、素材もオークはもちろん、スモールウルフだって皮を剝ぐという面倒な作業をしなくてはならない。

こんなの1分2分で済む作業じゃないだろう……

それで5000ビーケって。

ロッカー平原なら解体なんぞ10秒程度で済んでしまうので、手間と報酬が釣り合っていないと強く感じる。

それにリグスパイダーの糸も殺せば済むという話ではなく、一度糸を放出させるというリスクのある方法を取らないといけないので、いくら買取額が良くてもやる気は大きく減少だ。

それでもわざわざ教えてくれたロディさんにお礼を言い、トボトボと歩きながらも考える。

（根本的にやり方を変えるか？　いやしかしそうなると、状況によってはもう1つスキルを取得しておかないと……）

頭の中で考えは巡るも上手く纏まらない。

やるなら相応の覚悟がいる。

何にしてもまずは一度行ってみて、魔物がどの程度の強さなのか確かめてみてから。

とりあえずはそう結論付け、目的の女性、アマンダさんに明日の予定を伝える。

「アマンダさん、明日ルルブの森に行ってみようと思います」

「Eランクなんて言葉が出てきた時点でそうだろうとは思っていたわよ……その顔はパーティなんてまったく考えてないんでしょう？」

「そ、その通りですが、とりあえずどんなもんかお試しで行ってみるだけですので……」

「はぁ。ロキ君が1人で大きな成果を挙げていることは知っているし、何か言うつもりはないけど……本当に気を付けるのよ？　何か知っておきたいことはある？」

「1つ確認しておきたいことが。ルルブの森って川は流れてますか？」

「川？　それならセイル川が森の中を通っているわよ？　それがどうしたの？」

「いえ、水の確保ができるかどうかが気になりまして」

「そういうことね。でも水筒は必ず持っていかないと駄目よ？　川が流れているといってもセイル川は領地を隔てる川。ベザート側から森に入っても結構奥まで行くことになるわ」

「何日くらい奥に入るか分かりますか？」

「どうだろう……パルメラのような森ではないから、1日では無理、2日以内には着くってところかしら」

「なるほど、参考になります。ありがとうございます！」

「何か嫌な予感がするわね……何を考えているの？　正直に吐きなさいっ！」

「え？　普通に狩れるなら狩ろうと思っていただけですよ」

「本当に？　どうも怪しいわ……」

「あ、あと可能なら、手持ちのお金をギルドに預けることってできますか？」

ハンターギルドは銀行じゃないからな。

素材を換金したお金や依頼報酬をそのまま預けることは可能でも、手持ちの現金まで預けられるのかは分からなかった。

「ん？　どういうこと？　ロキ君の持っている現金をってこと？」

「ええ。今手持ちにあるお金が重くてちょっと邪魔なんですよ。それで預けているお金に上乗せできればなーと」

「じ、邪魔……こんなお金をぞんざいに扱う子供は初めて見たわ……」

「あのー、アマンダさーん？」

「あ、あぁそうね。やってやれないことはないわね。普通はしないけど。絶対にしないけど」

「うっ……もしかしたらお願いするかもしれません。明日の結果次第ですが」

「そう、まぁいいわ。その場合は私に言いなさい。他の子じゃ無理の一言で終わるはずだから」

「分かりました、さすがアマンダさんですね。頼りになります」

上機嫌になったアマンダさんを後目に一旦ギルドを離れる。

あのままだとまた魔物の匂いを放つはずだ。

そうなる前に撤退して然るべき。

しかし——、これで一応はなんとかなりそうだな。

明日の結果次第では覚悟しなければならない。

再び、仙人モードへ突入することに。

▽　▼　▽　▼　▽

「「「おぉー！　ここがロッカー平原！」」」

午前中に情報収集を済まし。

ジンク君達3人衆を連れて、なんだかんだとすぐに舞い戻ってきたロッカー平原。

そのだだっ広い景色に3人は感嘆の声を上げていた。

まるで遠足に行く子供達とその保護者。

だが不思議と悪い気はしない。

「さて、ここなら魔物も見やすいでしょ？　所々にいる茶色いのがポイズンマウス。とりあえずあれを倒しつつ、草の中に隠れていて見えにくいエアマンティスの気配を掴んだら、そっちを優先的に倒していくって感じだね」

「凄い眺めだな……ここなら敵を探す必要がほとんどない」

「俺が結構頑張っちゃったせいか、ここら辺は魔物の数が少ないからさ。数を狩りたいなら奥へ行けばいいし、安全重視ならこの辺で狩っていれば、複数匹の魔物を同時に相手取る頻度も少ないと思うよ」

「それじゃあ、まずはこの辺で練習だな！」

「ポイズンマウスはホーンラビットよりちょっとだけ速いくらいだから、落ち着いて横っ腹にでも攻撃しちゃって。頭は素材になるから可能な限り無傷で」

「了解！　メイサ、ポッタ！　行くぞ！　離れるなよ！」

「分かった！　解体は任せて！」

「ついてく！」

こうして始まった3人の試し狩り。

俺は狙いを定めたジンク君達一行の後ろを、少し離れてついていく。

【探査】でエアマンティスの情報を確認しながらなので、この状況なら万が一ということもないだろう。

ポイズンマウスに即死級の攻撃なんてないしね。

ある程度の距離からジリジリ歩み寄っていくと、どうやら狙いのポイズンマウスも気付いたようで顔を上げた。

（あと3ｍくらいかな……）

そう思いながら様子を見ていると、ジンク君が10歩ほど進んだところでポイズンマウスが攻撃を開始。

相変わらずの綺麗な身体捌きで、飛び跳ねて噛みつこうとするポイズンマウスの横を逸れながら、逆手に持つナイフで腹を裂く。

これで大した防御力もないポイズンマウスはもう虫の息だろう。

「あとは首を落として魔石を回収、ついでに尻尾も切り取れば1匹終了だね」

「私の出番！」

そう言ってややぎこちない手つきながらも、躊躇いなくナイフを刺し入れていくメイちゃん。

10歳なのに最初の頃の俺とは大違いだ。

2分程度で作業も終わり、その素材をポッタ君の籠の中へ入れていく。

「ふぅ。ロキの言っていた通り大したことはないな。こんなのにビビってたのか俺は……」

「最初はどんな魔物でも怖いし慎重になるもんだよ。ちなみにこれで6000ビーケくらいかな？

3人なら1人当たり2000ビーケくらいだね」

「えっ！　パルメラ大森林より全然良くない!?」

「あぁ！　今までの報酬を簡単に超えそうだ！」

「これ全然重くないよ！　まだまだ余裕！」

「そうだね～ジンク君達の今までの報酬を見ていると、このポイズンマウス5匹狩れば同じか超えるくらいになるはずだよ」

「マジかよ」

「ジンク！　頑張って！　私も解体頑張るから！　どんどん頑張って！」

「あと20匹くらい狩ってくれても、僕平気！」

「よーし……なら本気出すぞ！」

すぐに動き始めたジンク君は、次の1匹に狙いを定めると足を止めることなく近づいていく。

（もう1匹のポイズンマウスと少し距離が近いけど大丈夫かな……？）

そんなことを思っていた俺だが、心配は杞憂に終わった。

「おっ！　ここで弓の出番か」

ジンク君が背に弓を背負っているのは知っていた。

前に弓を使いたいとも言っていたから、俺があげた教会用の硬貨を使う時に祈禱を成功させたのだろう。

矢筒から矢を1本取り出し、そこまで時間をかけることなく放つ。

そしてその矢は、まだ草の中に顔を突っ込んでいたポイズンマウスの横っ腹に命中。

その動きに気付いたもう1匹のポイズンマウスがジンク君に近づいてくるも、先ほどと同様に腹へナイフを刺し込まれてあっさりと絶命させられた。

(開始早々30分も経たずにもう3匹とか、このペースなら他のパーティより早いぞ？　やっぱり優秀だなぁ……)

「弓凄いね。スキルで命中補正がかかってる感じ？」

「あぁ、この距離で的があれだけ大きいならほぼ外さない」

「へ～これで念願の弓と短剣使いってわけか」

「ただ弓は矢の消費が激しい。今回はどんなものか試してみたけど、ナイフだけで余裕な状況なら無理に使うべきじゃないな」

チラリと矢を見れば作りがしっかりしていそうなので、さすがに手作りということはないだろう。となると矢は消耗品。

お金に余裕がないうちは、格上の魔物や緊急時用ということになるわけか。

「それでも今みたいな使い方は良いと思うよ。釣り狩りってやり方で、巻き込んで他の魔物も寄ってきそうな場合はかなり有効だと思う。あとはエアマンティスの魔法準備が始まった時に、間に合わなそうなら妨害目的とか？」

「あっ、それ良さそうだな。まぁ詠唱される前に倒しちゃうのが一番だが」

ジンク君達と話しているうちにメイちゃんが2匹の解体も終わらせたようで、魔物を求めて奥へ奥へと一行は進んでいく。

思いの外、余裕もあるようだし、緊急事態となれば俺も手を出すつもりなので心配はしていない。

（あっ、エアマンティス発見……気付くかな？）

言ってしまうと意味がないので、俺は敢えて何も言わずにエアマンティスの動きを注視するだけ。

ジンク君の持つ【気配察知】レベル2だとまだ射程外になるので、当然3人共気付いている様子はなく、その付近にいるポイズンマウスを次の狙いに定めている。

「よし、次はあいつ行くぞ！」

「うん！」

「分かった！」

そう言ってジンク君は目的のポイズンマウスに近づいていくが――

「って、待ったッ!!　エアマンティスだ！　俺は先にあっちを仕留める！」

「えぇ！　このネズミどうするの!?」

「ぼ、ぼ、ぼっ、僕がなんとかするっ！」

（無事気付けたか。となると【気配察知】レベル2があればエアマンティスの不意打ちはまず問題

ない……ただ、こうなるとこの3人は弱い）

戦闘職はジンク君のみ。

どちらかに集中すればもう1匹が浮く。

しかし、手伝うのはまだだ。

ポッタ君が籠を前に出し、盾代わりにしようとしている。

そんな彼の勇気を無駄にしちゃいけない。

成長のチャンスに繋がるかもしれないんだ。

ジンク君は――……やはり、ここは弓だろうな。

というより、この場面だからこそ弓だろう。

【突進】スキルもありだと思うが、そうするとまたポイズンマウスのところに戻るまで時間がかかる。

すぐにジンク君がポイズンマウスも倒すつもりなら弓一択。

ヒュッ――――、プシュッ！

黒い霧を発生させ、魔法の発動準備に入ってたエアマンティスの頭部が貫かれた。

ジンク君はそれだけ確認すると、弓を放り投げつつ素早く振り返り、腰に差したナイフへ持ち替えながら現状把握を済ませたようだ。

ポッタ君が前面に差し出す籠へ食らいつくポイズンマウスの横っ腹へ、ここぞとばかりに強くナイフを差し込んでいく。

――戦闘終了。

お見事としか言いようがない、流れるような動きだった。

「……凄いね。手を出そうか悩んだけど出さなくて良かった。ポッタ君もナイス防御だったよ」

「ふっ……ふぅ……怖かった……」

「ポッタよくやった！　2人共怪我してないか？」

「大丈夫！　ポッタが守ってくれたよ！」

「そうか……ロキ、今のは正解だったと思うか？」

「うんうん、大正解だと思うよ。ただ――欲を言えばメイちゃんとポッタ君、2人もいざという時は戦闘に加われるのが一番だと思う」

「「……」」

「もちろん無理をする必要はないけどね。ただロッカー平原なら解体用ナイフでも十分武器になるし、こないだ接点のあったパーティだと荷物持ちが小型のメイスを持っていた。緊急時に自衛できるかどうかは大きいんじゃないかな？」

「まぁ、そうなんだけどな……」

ジンク君も当然そうであってほしいとは思っているが、2人に無理は言えないのだろう。

なんとも言えぬ顔をして2人を見るが――

「うん……ロッカー平原でいっぱいお金を稼ぐってなったら必要だよね。薬草なんて生えてなさそうだし……私頑張ってみるよ！」

「ぼ、僕もっ！　剣とかナイフで斬るのは嫌だけど、叩くだけなら！」

こういう話になれば、外野は黙っておいた方がいいだろう。

どうしても難しくて、今まで通りパルメラを狩場にするのも一つの手。

できることを増やして、その分多くの収入を手にするのも一つの手。

それは彼らが決めることであって、俺がどうこう言うべきことじゃない。

求められれば可能な限りのアドバイスをする。

——それだけで良い。

「さっ、今日はお試しなんだから、日が暮れる前にどんどん魔物を倒していこう。そうしないと今みたいな新しい発見はできないよ？」

「そうだな。ロキがいるうちにいろいろ試すぞ！　今日だけは何かあってもロキがなんとかしてくれる！」

「そうだね！　ロキ君がいる時に無茶なことしちゃおう！」

「荷物はまだまだ余裕！」

「えぇ～……」

試すのは良いけど、無茶はしないでほしいなぁ……

そうボヤキながら、奥へと進んでいく3人の後をついていった。

▽　▼　▽　▼　▽

日が落ち始めて夕暮れに染まるロッカー平原。

帰り道を歩きながら、思い思いに今日の感想を言い合っていた。

「疲れたーっ!!」

「さすがに、重くなってきた……」

「凄いぞ……これはきっと凄い……凄い報酬になることは間違いない……」

1人念仏のようにボソボソ呟く怪しい人もいるけど、3人共今日の結果には大満足だろうな。

俺がお尻をひたすら叩いていたとはいえ、なんだかんだと魔物を狩りまくり、籠の半分くらいまで素材が埋まったのだ。

大体ロッカー平原初日の俺と同じくらいだから、この素材量ならたぶん15～20万ビーケくらいにはなるだろう。

3人で割れば1人5万ビーケ以上。

今までの報酬からすれば破格とも言える金額だ。

しかも今日の午後だけでこの成果。

弁当でも馬糞(ばふん)モドキでも、昼の食事をちゃんと持って1日狩りをすれば――

彼らの生活は、きっと大きく変わるに違いない。

「後半はだいぶ慣れてきたんじゃない？　メイちゃんも1回ポイズンマウス倒してたし」

「でも顔に刺しちゃったよ！」

「攻撃する時に目を瞑るからだろ！　どこを攻撃するか最後まで見て狙うんだぞ！」

「えー！　なんか怖いじゃん！」

「バカ！　攻撃外して噛まれるよりよっぽどマシだろ！」

結局ジンク君が1回、メイちゃんもよく分からないところにナイフを振って、1回ポイズンマウスに齧られていた。

齧られると必ず毒を貰うわけじゃないみたいだが、ジンク君とメイちゃんは身体がすぐに怠(だる)くなったということで解毒ポーションを服用。

通常の回復ポーションは噛まれたところに直接掛けていたので、てっきりポーションはなんでも飲むものだと思っていた俺は内心かなり驚いた。

もちろん「今更かよ！」って突っ込みが入りそうなので、さも知っている風な顔をして眺めていたけど。

あとは帰り道に木があるところまで行ったら、エアマンティスが放ちそうなレベル1程度の風魔法を実演してあげれば問題ないだろう。

10mほどの距離なら木の表皮も削れないことを知れば、もっと動きが積極的になって討伐数も増えるはずだ。

そんなことを考えていたら、ふいに先頭を歩くジンク君に話しかけられた。

「なぁロキ、ロッカー平原って元は遺跡でもあったのか？」

「え？」

「なんか謎の石柱が立ってるよね？」

「1ヵ所に何本もある。あれはきっと何か意味があるはず」

「……」

別に隠したいわけじゃない。

が、特別な何かと思われている中で真実を語るのは若干気まずい。

今後ロッカー平原で狩るならすぐにバレるだろうけど。

「あ、あれね、犯人は俺……」

「「「ん？」」」

「どうしても籠が邪魔でさ。あの石柱の上に載っけて、誰も届かないようにしてから狩りしてたんだよね」

「「「んんん??」」」

説明はしたのに、まったく理解できていない顔をしている3人。

はてなマークが顔中に浮かんでいるのが見える。

「まぁ、こうやるんだよ」

『長さ5ｍの石柱を生成』

ズズズズズッ……

「「「…………」」」

「この上に籠を置いておけばさ、誰も届かないでしょ？」

「……どうやって籠を載っけるんだとか、載っけた後はどうやって取るんだとか、いろいろあるけど……とりあえず凄いな、ロキ」

「魔法っ！　ロキ君って魔法使い!?」

「僕、神秘を見た……」

「神秘じゃなくて魔法ね。でもジンク君ならこれの小型なやつくらいはできるんじゃないかな？」

「え？　なんで俺？」

「だって、【土魔法】取得してるでしょ？」

「いや、無いが？」

「…………えっ？」

ジンク君の予想外の返答。

俺の中の前提(ルール)にピシリと亀裂が入ったような感覚を覚え、思わずその場に立ち尽くしてしまう。

「ロキ？　大丈夫か？」

「あ、あぁ、大丈夫だよ」

そう答えるも、とても冷静ではいられない。

どういうことだ？

ジンク君パーティは攻撃担当がジンク君だけ。

狙いが一番お金になるホーンラビットだったとしても、フーリーモールだってそれなりの数を今までに倒してるはずだろう。

【気配察知】がレベル2なのだから、【土魔法】だってレベル2はあってもおかしくない。

「……こないだステータス判定はしたんだよね？」

「あぁ、スキルは全部確認してきたぞ」

「その中に【土魔法】は？」

「いや、だからないって。俺はたぶん魔法の適性ないんだろうな。使おうと思って練習したこともないし」

「……」

待て待て待て、どういうことだよ……？

魔物を倒したら、その魔物が所持しているスキル経験値を得られるんじゃないの？

それがこの世界のルールなんじゃないの!?

それとも人によって適性が存在し、得られるスキル経験値と得られないスキル経験値なんてものが存在するのか？

それなら――

「ち、ちなみにだけどさ。ジンク君は【突進】ってスキル持ってる……？」

「なんだそのスキル？　聞いたことないやつだな」

「そ、そっか……変なこと聞いてごめんね。ははは……」

間違いなくジンク君が一番狩っているであろうホーンラビット。

おまけに近接戦闘をし続けていたジンク君には適性外とも思えない【突進】スキル。

しかし、これも持っていない。

なぜだ?

隠している様子はないだろう。

隠すなら【気配察知】のレベルまで教えるなんてことは考えにくい。

ならばなぜ【気配察知】は持っていて、【土魔法】と【突進】はないんだ?

それとも何か根本的に考え方を間違えているのか?

——駄目だ、理解が追い付かない。

当たり前だと思っていたこの世界の前提(ルール)が、音を立てて崩れてゆく……

その後の会話は生返事しかできず、予定していた【風魔法】の実演も忘れたまま、俺はベザートの町へと帰還した。

▽　▼　▽　▼　▽

夕食後の宿の一室。

俺はテーブルの上に置いた腕時計を確認しながら、椅子に座ってぼんやり小窓から見える外の景色を眺めていた。

ジンク君との一件。

あの違和感に対する答えは、俺がいくら考えたところで正解に辿り着けるものではない。

しかし分からないからといって、このまま放置しておけるほどどうでもいい内容ではないはずだ。

となると、俺の内情を知っている女神様達に聞くしか方法はないだろう。

もちろんそれだってリスクはある。

彼女達は『危険な異物』を警戒しているんだ。

俺の予想がそのまま正解となった場合、一気に俺の立場が怪しくなってしまう可能性もある。

だが――、今まで【神通】はほぼ毎日使用してきた。

女神様達は地球の情報に興味津々なようで、多くは女神様が質問をして俺が答えるという、「逆だろ！」と突っ込みたくなるような構図になっていたが……

それでも、それなりのコミュニケーションは取ってきたはずなのだ。

敢えて誰にも話さず、後々になってバレるよりは遥かにマシ――そう思って相談するしかない。

ふぅ――……

――【神通】――

「もしもし、ロキです。本日はどなたですか？」

（お久しぶりですアリシアです。ロキ君、お元気でしたか？）

「え？　アリシア様！　回復されたのですか？」

今まで順番に女神様達と話してきたが、アリシア様だけはダウン中ということでこのローテーションから外れていた。

死にかけのアリシア様の声だけはたまに聞こえていたので、ちゃんと生きていることは知っていたけど……

　こうしてまともに話すのは、初めて女神様達と会ったあの日以来だ。

（やっと話せるようになってきたくらいですけどね。皆とも随分交流を図られたようで……正直、羨ましかったんですよ？　ぜひ今日は私にも地球のことを教えてください）

「いやアリシア様、それ本来の目的と違う――って、今日はそれどころじゃないんです！」

（えっ？）

「大変です。事件かもしれません。この世界のルール――根幹に関わることかもしれませんけど、スキルについて教えてください」

（そ、そんなっ！　楽しみにしてたのに！……いえ、なんでもありません。それで聞きたいこととはなんでしょう？）

「すみません。次回はアリシア様が知りたいことも教えますから。それで僕はこの世界のルールとして、魔物を倒せばその魔物が所持しているスキルの経験値を得られると思っていました。そのようなルールはこの世界に存在しますか？」

（魔物を倒すとスキル経験値が？　確か経験値とは世界への貢献を数値化したものですよね？）

「あ～なんと説明すれば良いか……でもそういうことです。そのスキルに関連する行動を取る以外にも、例えば【火魔法】のスキルを所持している魔物を倒せば【火魔法】のスキル経験値を取得することができる。これは合っていますか？」

（それはなんとも言えないところがありますね。この世界に魔物を創造されたのはフェルザ様ですし、どのようにして人種にスキルを授けるか決められたのもフェルザ様です。申し訳ありませんが、下位神である私達には与り知らぬ内容になってしまいます）

「そうですか……」

女神様達は全能に近い印象があるものの、決して全知ではない。

あくまで人が知らぬことを知っている可能性が高いというくらいなので、この件が女神様達でお手上げなら――

あとはヤーゴフさんやアマンダさん辺りに確認してみるかどうか、か。

だが確認したところで違和感だけを植え付け、まともな答えが返ってこない可能性もあるし、女神様達と違って俺の情報が伝播する恐れもある。

できれば避けておきたい確認方法だ。

（ちなみにどれくらい貢献――魔物を倒されると、スキルを取得できるのですか？）

「俺がまったくの未取得スキルで、そのスキルをもし魔物が持っていれば、５匹倒せばそのスキルが手に入ります。厳密にはその魔物のスキルレベルも関係するので多くて５匹です」

（……へっ？）

――もう、この反応で分かった。

たぶん俺には想定外の何かが働いている。

（ち、ちなみに、魔物を倒すことによって今までどのようなスキルを獲得されました？）

「えーと、しっかり獲得できたのは【突進】【気配察知】【土魔法】【風魔法】【毒耐性】ですね。あ、あと【棒術】もこのパターンで獲得しています」

(【突進】……? なんですか、そのスキルは……? ちょっと皆、交ざってくださいっ! 【突進】というスキルを知っている者はいますか!?)

(聞いていましたよ。私も【突進】というスキルは知りません)

(私も知らないな。名前からすると攻撃系スキルのようだが?)

(たぶん人種に扱えないスキルだよね? それをなんでロキ君が持ってるの?って話だけど!)

(さすが異物、危険な気がする……)

「ぎゃー! ちょっと待ってくださいリア様! 俺、普通だから! 普通に生活しているだけですから!!」

やっと掴みづらいリア様ともちょっとずつ会話ができるようになってきたのに……

不穏な発言を咄嗟(とっさ)に宥(なだ)めていると、生命の女神フィーリル様が確信めいた発言をする。

(まず間違いなく魔物専用のスキルですよ～。だから私達がこのスキルを所持していないのは当然です～)

((え?))

(過去に【神眼】で魔物を覗いたことがあります～。その時にこの【突進】スキルを所持していた記憶がありますよ～)

(人種の生存可能領域を調査する目的で、【分体】を下界に降ろしていた時の話ですか?)

(そうです～その時に興味本位で覗いたことがあります～)

（その行為もどうかと思うけど……でもこれで決定的じゃない？）

（そうだな。なぜかロキは魔物だけが持つスキルも持っている）

（（（……）））

「ちょ、ちょっと待ってください！　俺もなぜ持っているのかよく分からないんです！　それに持っていても普通に生活しているだけなんです！」

（（（……）））

「あ、もう【神通】が切れてる……」

はぁ……

思わず椅子の背もたれに全体重を任せて脱力してしまった。

何かおかしいとは思っていたけど、まさかの魔物専用スキルか……

やっぱり相談したことは失敗だっただろうか？

内緒にしておけば女神様達にもバレることはなかった。

だが——それでも俺が答えを知らないままであれば、いつかそのうちボロが出ていたことだろう。

そして意図的に隠したことくらい、思考を読めるあの人達にはすぐにバレる。

そうなれば、どう考えたって俺は終わりだ。

ならば、やはり、言うしかなかった。

そう思うしかないよなぁ……

そう結論付けていると、ふと、思考にノイズが掛かる。

（ロキ君、アリシアです。申し訳ありませんが明日、必ず教会に来てください。緊急ですのでお願いします）

「来ると思ってたよ、【神託】……」

さすがにこの状況で断れないことは分かっている。

たぶん、ここが俺の分水嶺。

ならば、腹を括るしかない。

こうして大きな不安を抱えたままベッドへ転がり眠りについた。

▽　▼　▽　▼　▽

「もう大丈夫ですよ」

前方からの声に目を開ける。

（なるほど……今回は最初の布陣か）

目の前には愛の女神アリシア様を筆頭に、左右を戦の女神リガル様、罪の女神リア様と固めている。

まだ様子見という雰囲気だが、何か不穏な事態になればすぐに――ということだろう。

「緊急の呼び出しをしてしまって申し訳ありません。【神通】の時間では短か過ぎるもので」

「いえ、俺もそう思っていたので大丈夫ですよ」

「それで、昨日お話しされていた、魔物から得られるスキルについてですが……」

「ええ、分かることはちゃんとお話しします。なので最初にこれだけは言わせてください。俺は望んでこのよく分からない能力を得たわけではありませんし、自分でもまだなんなのか理解できていません。だからこそ昨日女神様達に相談しようと思って話しました。なので——危険だからといきなり排除の動きを取らないでくださいよ？」

言いながら一番危なそうな人に目を向けると、リア様はビクッと反応して目を逸らした。

いやいや、その反応がもう怖いから。

「それは安心してくれ。ロキは自ら話してくれたんだ。やましいことがあれば話さない。そうだろう？」

「その通りです」

「ではまず、なぜ気付いたのか。その経緯を教えてもらえますか？」

「俺と付き合いのある子供のハンターがいるんですよ。それで昨日一緒に狩りをしていたんです。その時に間違いなく持っていると思っていたスキルをその子は持っていなくて、でも持っているスキルもあって……それでよく分からなくなったって感じですね」

「具体的にはどのスキルですか？」

「【気配察知】【土魔法】【突進】です。【気配察知】と【土魔法】は同じ魔物がスキルを持っているので、俺の常識に当てはめればスキルの獲得状況が大きくズレることは有り得ないんですよ。自然に上がる経験値なんて微々たるものですから。なのにその子は【気配察知】がレベル2になっているのに、【土魔法】は未取得だった。おまけにその子が一番狩っているであろう魔物が持つ【突進】すら未取得だったので、これは明らかにおかしいとなったわけです」

「なるほど……」

「その子供はどの程度ハンターとして活動しているのだ？」

「んーおおよそ2年くらいですね。俺がこの世界に来る前のことなので、活動の頻度までは分かりませんけど」

「ふむ。【気配察知】は意識して周囲に気を向けるという行動がスキル取得の要因になる。だから個人の才を抜きにしても、取得だけなら比較的容易だし、実際に人種でも得られている者は多い。それに比べて――」

リガル様がリア様に視線を向けると、そのまま引き継ぐように言葉を繋ぐ。

「【土魔法】を含めた魔法系は魔力操作、詠唱の仕組み、発現後の現象イメージとか……最低限必要な知識を基に修行しながらスキル取得するのが一般的。だから私達が願いを受けて無理やり授けても、その知識がなければ魔法を発動することもできない」

「確かにそうですね。抱える問題は別でしたけど、俺もスキルを取得したのに発動できなくて苦労しました」

「だから魔法系は、自然にスキルを取得しにくい系統」

「ということは、その子――ジンク君って言うんですけどね。ジンク君は2年間というハンターの実績から【気配察知】は自然取得できたけど、【土魔法】はまったく取得に至らなかったというわけですか」

「そう考えるのが自然」

「そして【突進】は、そもそも人が取得できるスキルではないと」

「その通りです」

「となると、なぜ俺が得られたのか——ですよね」

「そうだ。ロキに何か思い当たる節はないのか？　例の……上位神様が絡んでいるかもしれない件で」

「いえ、それがまったくないんですよ。以前お伝えした通り、あの時のやり取りで与えられたのは、『若返り』と『ステータス画面を見られること』の2つだけです。逆にもっと欲しいと言ってもくれず、強制的に飛ばされましたので」

「やっぱり嘘を吐いている様子がないんだよね」

「取得できる理由がさっぱり分からんな……」

「ちなみに転移者や転生者、あとは前にリガル様が言っていた次元の狭間から来た異世界の人間だけが、特別こういったケースに当てはまるということは？」

「少なくとも私達が転生させた者に、おかしなスキルが交ざったことはない」

「次元の狭間から落ちた人種も、微かな記憶ではありますがそのようなことはなかったと思います」

「ただ、転移者は分からない。そもそも私達がまったく把握していないんだし」

「確かにな。〝故意に転移させられた転移者〟という括りで見るなら分からん。そのような経緯を辿った人種はロキが初めてだ」

「次元の狭間を通った人種と同様に考えれば有り得ないと思いますけど、それでも確証は得られませんね」

聞こうと思ってまだ聞けていなかったこと。

俺以外にどんぐり、もしくは同じような存在によって転移させられた者が生きているかどうかは――これでかなり絶望的になったたな。

絶対とは言い切れないが、女神様達が把握しておらず、情報を得られやすい立場にあるヤーゴフさんも転移者の存在を知らないとなれば、ほぼ全滅と見ていいだろう。

まぁそれも納得だ。

あんなところにいきなり捨てられたら普通は死ぬ。

俺はたまたま所持していた地球の持ち物が上手く嚙み合ったからなんとかなっただけだ。

となると、話が余計に拗(こじ)れそうだが……

女神様達にとっても重要だろうから一応伝えておくか。

ヤーゴフさんには他言無用と言われたけど、さすがに世界を管理する女神様達相手であればセーフなはずだ。

「少し話が逸れますけど、地球の人間が俺と同様に、無理やりこの世界へ飛ばされている痕跡は発見されています。それはご存知で？」

「えっ?」

「どういうこと?」

「その顔は知らないっぽいですね。来てはいるみたいですよ? 俺が持っているような地球産の物が、パルメラ大森林に落ちていたみたいなので」

「そ、それは本当か……?」

「女神様達なら嘘か本当かは分かるでしょう? 俺だってこんなところで嘘は吐きませんよ」

「ロキ君だけじゃない……? では誰が、何のために……」

「なので可能性は低いでしょうけど、もし生き残りを見つけられれば答えが見つかるかもしれません。それに今後も俺のように飛ばされた人間が出てくる可能性だってあります」

「しかし、ロキと同じなら教会に立ち寄る必要もないのだろう? となると私達は大きな異変が起きるまで気付けないし、もし仮に気付けたとしても【神眼】で覗けなければ結局原因が分からないのではないか?」

「ん～そこは微妙なところですね。この世界に飛ばされた人間は、本当に何もこの世界のことを分かっていません。だから教会があれば、俺のように興味本位でとりあえず立ち寄ると思うんですよ。それに、俺は文句を重ねてやっと若返りとステータス画面が見られるという能力を得られました。何もしなければ一切の能力も与えられず放り出されていたでしょうし、ちょっと駄々を捏ねたくらいでも結果は同じだったと思います」

「つまり、ロキ君だから若返りとステータス画面が見られるという能力を得られたのであって、普通の転移者はスキルを何も与えられずにこの世界へ来ていると？」

「その可能性が高いと思います。ただ勘違いしないでいただきたいのは、女神様は【神眼】というスキルを使っても俺のスキルを覗けないという――その現象が、与えられたこの2つの能力と紐づいているのかは俺にも分かりません」

「……もうどうしたらいいのか分からないいんだけど？」

「あぁ私もだ……話がややこし過ぎるし、これは神界からの監視でどうにかできる問題ではない気がする」

「いったいなんの目的が……せっかく立て直そうと……どうして……」

マズいな。

よほどショックだったのか、明らかにアリシア様の様子がおかしい……

ここで俺がフォローするのもおかしい気はするが。

「ただこれはあくまで個人的な意見ですけど、そう難しく考える必要はないと思いますよ？　魔物専用スキルを得られたからなんですか。実際得られた身としては、最初は便利だなと思って使いましたけど、今なんてほとんど使っていません。魔物から得られるスキルでもステータスボーナスは付きます。だからその分、人よりステータスは高くなりやすいと思いますが、その代わりに俺と同様なら加護や職業選択ができないんですよ？　それに転生者みたいな出血大サービスのスキルプレゼントなんてこともありません。――ではそんな人間が、女神様達が手に負えないほど強いんですかね？」

「「「……」」」

「俺と同じ流れで地球人がこの世界へ飛ばされれば、まずほとんどと言っていいほど生き残れない。これは断言できます。あの環境は過酷過ぎましたから。それに俺は人一倍強さに拘っているからあれこれ試行錯誤していますけど、転移者——というより地球人が誰も彼もそうではありません。それは魂を呼び寄せ、転生させている女神様達が一番よく分かっているんじゃないですか？　俺はこの世界で目立って動いている転生者が4人いると聞いていますけど、それ以上に転生させて、かつ今も生きているのなら、残りの人達は異世界人と公言せずにのんびり人生を謳歌しているということでしょう？」

「確かに、転生させた数だけなら断然多い」

「仮に過酷な環境を生き残った転移者が極少数いたとしても、世界に害を為すような人格である可能性はさらに少なく、そしてそこまで強くはならない、か……」

「この世界の強いがどの程度なのかは分かりません。でも女神様達は人種の取得可能スキルを豊富に兼ね備えた、言わば最高峰の人種みたいなものでしょう？　ならば明らかに世界を滅ぼすような危ない人間が出てきたら、最終奥義でリア様の神罰でもブチかましてやればいいじゃないですか」

「ロキは分かってるね」

「わ、私だって本気を出すと強いぞ!?」

「いやいや、リガル様がどうやって下界に……ん？　そういえばフィーリル様が【分体】とか言ってましたよね。ってことは、下界に降りて直接怪しい人間がいるか見て回ることも可能なのでは

「……？」

「それですっ!!」

「「(ビクッ!!)」」
ビ、ビックリした……
また死にかけていたアリシア様が急に復活したと思ったら、いきなり大声を上げるとは。

一番謎が多いのは、アリシア様かもしれない。

「い、いや待て待て、アリシア？　そんな干渉したらフェルザ様に凄く怒られるんじゃないか？」

「うん、フィーリルができたのはまだ人種がいない時だったから。【分体】とはいえ、今やったら禁忌事項に引っかかりそう」

「でもこのままでは、事が起きてからでないと気付けないいんですよ？　それでいいんですか？」

「「……」」

「それに干渉ということなら、既にロキ君をここへ呼んでしまっています。世界の衰退を止め、発展へ導くには今更だと思いませんか？」

どうしよう。

俺のせいで、何やらマズそうな方向にやる気を滾（たぎ）らせているアリシア様を止めるべきか。

それとも押すべきなのかが判断できない。

どっちだ？

どっちが正解なんだ……？

「あの、念のため確認を」

「「？」」

「見切り発車で動かれようとしている感じがして少し怖いんですけど、もしその禁忌事項とやらを破った場合はどうなんですか？」

「それは……分かりません」

「え？」

「前例がありませんし、禁忌事項は定められていても、破った時の罰則は示されていませんから」

「えっと、相手はこの世界を創った神様ですよね？　ただ怒られるだけならいいんですけど、最悪この世界が消えるとか、大事になるような可能性は……？」

「……あっ」

正直、俺には話のスケールが大き過ぎてついていけない。

ただガチモンの偉い神様が下の神様に敷いたルールということなら、破ればその世界が消滅するほど大きな話になることもあるのでは？

そう思っただけだが……なんだよ、アリシア様のこの反応は。

何か思い当たる節があったとでも言わんばかりに小さく声を上げ、リア様に至っては何を想像したのか、顔が蒼褪めてしまっている。

これは、だめだな。

相変わらず浅いというか、ある意味で人間味があるというか。

『女神』という肩書をちょくちょく忘れてしまうくらいに思考が危うい。

だから6人もいて、力を合わせてやりくりしているのかもしれないけど。

まぁなんにせよ、俺は巻き込まれるつもりなんてない。

この世界に飛ばされた以上ここで生きていくしかないし、俺はこの世界で生きていきたいんだ。

その土台が揺らぐような選択ならば、全力で回避させてもらう。

「この世界をなんとかしたいという気持ちはヒシヒシと伝わりますが、世界が消えるようなリスクを背負っては本末転倒でしょう?」

「うむ……確かにな」

「うん。アリシア、やっぱり良くない。やるならまずは、フェルザ様に確認」

「そ、それは分かっています。でも、返答が得られるかは……」

会話から、リア様が言っていた〝見捨てられている〟という言葉の意味をおおよそ理解するが。

さて、どうしたものかな。

女神様達の望みは、俺のような転移者がなぜこの世界に飛ばされているのか、真相を究明すること。

そして俺自身も、なぜこの世界に飛ばされ、説明もなくこのような能力を得ているのか。

同じく真相を知りたいと思っているので、目指す先は一致しているように思える。

問題は世界にとって害悪の存在となり得るなら排除したいという女神様達に、誰よりも強くありたいと願う俺がいずれどう映るか、だが。

憎悪の感情しかない『悪党』に、俺自身が堕ちるつもりなんてサラサラないのだ。

ならば今もこうして対話できているわけだし、あとは今後の関係性次第。

となると――

「なんでしたら、俺が代わりに世界を見て回りましょうか？」

「「「え？」」」

「こないだ、ここにいないお三方と話した時にもそういう話が出たんです。大局しか見られない女神様達と違って、下界にいる俺は違う視点で様々なことに気付けるかもしれないって」

「ええ、聞いていましたよ」

「ロキがこの世界に降り立った理由に繋がるかもしれないという話か」

「俺はこの世界が――、世界を構築している仕組みが好きなんです。世界を旅して、いろいろな国を、狩場を巡って、それで、いずれは誰よりも強くなりたいと思っています」

「「「……」」」

「都合良く、自分と同じような境遇の人間を見つけられるかは分かりませんが……それでも旅の中で気付けること、女神様達に伝えられることはあると思うんです。この世界が少しでも上向くための何かが、きっと」

「本当に、誰よりも強くなりたいって思ってるんだ」

暗く、それでいて綺麗な瞳。

リア様の視線が俺を捉えるが、少しだけ緩んだ頬のせいで今は恐怖を感じない。

この時ばかりは思考を読まれることが都合良く働く。

「ふむ……私は良いと思うがな。ロキは私達と唯一まともに意思の疎通を図れる人種だ。他の者にロキの役割は果たせん」

「確かに、神子では難しいでしょうね……フェリン、リステ、フィーリル。聞いていましたよね？3人はどう思いますか？」

「私は賛成です。ロキ君なら地球の知識も持ち合わせているのですから、これ以上頼りになる存在はいないかと」

「賛成～！　私と普通に喋ってくれるのロキ君くらいだし！」

「私も賛成ですよ～地球のことをいろいろ教えてくれて、ロキ君は良い子ですからね～」

姿は見えないのに、なぜか、上空から降り注ぐ声。

いずれも肯定的な意見で安心させてくれる。

「リアも、問題ないですか？」

「うん。悪には堕ちないって、本気で思っているみたいだし」

「ならば決定ですね。ロキ君、力を貸してくれませんか？」

そう言って、アリシア様は頭を下げながらも言葉を続ける。

「無理のない範囲で構いません。なぜこの世界に転移させられている者がいるのか……あとはこの世界にとって有益になりそうなこともあればぜひ教えてください。あまり多くのことはできませんが、私達も可能な限りの協力はさせていただきますので」

「分かりました。余すことなくこの世界を楽しむつもりですから、何かあればまずは【神通】を使って報告しますよ」


意識が教会へと戻り、目の前には大きな神像が俺を見つめるように立ち並ぶ。

ふぅ――……

やはり俺は緊張していたらしい。

シスターのメリーズさんにお礼を伝えてから足早に教会の外へ。

ベンチの置かれた空き地に向かい、そこでようやく脱力する。

「良かった……」

返答一つでまったく違う結末を迎える可能性も十分あったのだ。

その中には俺自身が排除される選択肢もあれば、できるかは別としてこのよく分からない能力を消される可能性だってあったかもしれない。

だが、俺は生きているし、能力は今も手元にある。

何もされていないのだから、間違いなくあるはずなのだ。

「よし、ここからだな……ここから……」

永久無職という、大きなハンデを背負う俺に与えられたこの力。

最初から大きな能力を与えられた転生者とは違い、動かなければ何一つ生まれないが……

しかし動き続ければ、俺だけが扱えるスキルだっていくつも取得できる可能性を秘めている。

果たしてどんなスキルがこの先待っているのか。
楽しみでしょうがないし——というより、明日まで我慢ができそうにない。
「うん……まだ午前中なんだから、余裕で間に合うよな」
逸る気持ちを抑えきれず、俺は急ぎ宿屋へ帰還する。
当初の予定は今日だったのだ。
それなら様子見程度でも、早速足を運んでみようじゃないか。
次の狩場——《ルルブの森》へ。

第13話 ルルブの森

ベザートの町を出たら、ひたすら北へ。

ロッカー平原に向かう通い慣れた分岐路を越え、別の町へと繋（つな）がる街道をひた走る。

このような中途半端な時間に狩場へ向かう者はいないようで、道中は馬車や背負子（しょいこ）を背負って歩く人達（たち）をたまに見かける程度。

1時間もジョギングすれば畑は見かけなくなり、周囲は広く見通せる平野がどこまで続く。

左手に大きな森が見えてきたら、それがルルブの森。

そうアマンダさんから聞いていたので、初見でも迷わず踏み込まれた脇道を発見し、無事辿（たど）り着くことができた。

ふーむ。

見掛けはパルメラと変わらない、静かな森だが。

今日はあくまで下見だ。

自分のレベル経験値が22%であることを確認したら、剣を握ったまま慎重に内部へ足を踏み入れていく。

（とりあえず【気配察知】と【探査】は全開にしておくとして、【探査】でどの魔物を指定すべきか……）

ルルブの森の魔物は3種。

その中で現状一番厄介と思われる魔物はどいつなのか。

暫(しば)し考え――

――【探査】――『リグスパイダー』

ひとまずコイツに設定しておく。

オークはデカいのだから、わざわざ位置を把握せずともすぐ発見できそうなもの。

それにスモールウルフは仮に攻撃を食らっても、今の突出した防御力ならそこまでの致命傷にはならないだろうと予想していた。

となると、最も危険で厄介なのは、身体の一番小さいリグスパイダーだろう。

糸の捕縛を食らえば抜け出せず、そのまま死ぬ可能性もあるソロの天敵。

そう判断して警戒していると、森に入って3分もせずに【探査】がリグスパイダーの反応を捉える。

すぐに反応の場所へ視線を向けるが。

「うっわー……」

視認したことで、背筋の寒気と共に変な声が口から漏れてしまった。

地球人の9割9分がドン引きしそうな見た目だなコイツ……

日本でたまに見かける大きな蜘蛛(くも)でもあまり直視したくないのに、視界の先にぶら下がっている蜘蛛は体長50㎝ほど。

なんか黒光りしているし、精神がタフになってきた今の俺でもあまり近寄りたくはない。

しかも――

「木の上とか、剣が届かないし、だいぶ面倒臭い魔物だなぁ……」

レベル2か3の【風魔法】を放てば倒せそうだとは思いつつも、低燃費討伐の方法を模索するため魔力を温存したまま接近する。

プシュッ！

（近づけば糸を吐く。ただ噴出速度は大したことないから、油断しない限りまず食らうことはない、と……問題はこの後だな）

リグスパイダーは高さ５ｍくらいにある木の枝から糸でぶら下がっている状態。

多少は枝より高さが下がるものの、それでも剣を伸ばそうがまったく届く位置ではない。

なので糸を吐いた後に降りてくるかどうかだが――

プシュッ！　プシュッ！

（うげっ！　吐き続けるだけで全然降りてこないし！　糸を量産させたければありな戦法だけど、とっとと倒したい時はウザいだけだぞコイツ！）

ジンク君が弓を求めた理由も分かるというものだ。

先輩ハンターから、遠距離攻撃の手段が必要という話を聞いていたのかもしれない。

となると、しょうがないか。

討伐数が目的なら魔力の温存は必須。

魔力消費が2～3程度に収まるよう微弱を意識して――

『風よ、切れ』

手刀のような形にした手に青紫の霧が一瞬纏い、その後すぐに見えない風の刃がリグスパイダーを支える糸に向かうが。

「この程度じゃダメか……」

リグスパイダーを少し強めに揺らす程度で、糸の切断にまでは至らない。

じゃあ、こいつはどうだ？

『火よ、飛べ』

間髪容れずに今度は手を鉄砲の形にして、魔力消費を最小限に抑えた空飛ぶ指先マッチを発動させる。

粘着性があって物理耐久が高いなら、燃えやすいという特徴があるんじゃないかと思っての一手。

「おっ、こっちが正解か！」

その予想は見事に当たり、リグスパイダーを支えていた糸がプツリと切れて地面に落ちる。

こうなればただの的だ。

討伐部位を避けて腹に剣を刺し入れ、ようやく1匹目の討伐と相成った。

撃つ前は火種が少し心配だったが……

うん、大丈夫そうだな。

小さな火球はそのまま上空ですぐに消失したので、扱いに注意しておけば問題なさそうだ。

そのことを理解したらすぐに解体しつつ、ステータス画面を僅かに開いて経験値バーを確認する。

(23%ね。1匹おおよそ1%前後の上昇なら相当経験値は美味しいなぁ。ロッカー平原の何倍だ?)

もう数匹は魔物を倒さないと判断できないけど、これならレベル経験値も期待できそうである。

その代わり、魔物の癖が強くなってきたせいで面倒事も増えているが。

「う、ぐっ、くそ!」

この金にはなるらしい粘着質の糸をどうするか。

触るとベトベトしており、ナイフにもくっついて無駄に時間がかかる。

「さすがEランク……なんてストレスの溜まる魔物なんだ……」

しかし、それでもだ。

悪態をついちゃいるが、俺の顔は笑っていたと思う。

まずは5匹だ。

各魔物を5匹ずつ倒すまでに、どのようなスキルが得られるのか。

それが今から楽しみで仕方なかった。

▽　▼　▽　▼　▽

それから少しして。

目の前には体長1mほどのスモールウルフが2匹。

そして既に1匹は、頭を斬り付けられて俺の足元で横たわっていた。

現在の【気配察知】範囲である半径15m内で動きを捉えたと思ったら、そこからはもうあっという間。

元から素早いのと、たぶんこの急激な加速は【突進】も使われたんだと思うが、気配を捉えたら構える間もなく目の前にいるという状況なので、焦って思わずスモールウルフの顔面に剣を振ってしまった。

見た目は茶色い大型の犬程度だが、唸って怖いし牙は結構凄いし……

それでいて集団行動をしてくるのだから、調子に乗ってレベル5程度でここに来ようものなら、間違いなく動きに追いつけなくて死んでいただろう。

だが、スキル重視で狩場を移動している今なら問題ない。

【突進】はさすがにちょっと焦るくらい速いが、それでも直進しかできないという特性は分かっているんだ。

少し前に出くわした2匹のように、横へズレながら腹を裂けばホラこの通り。

一発で終わ――

(って同時かよ！　体勢が……やべっ！　避けられん！)

ドンッ！

「うっ……お？」

体当たりされた後、スモールウルフとバッチリ目が合う俺。

内心、あれ?って、同じことを思っていた気がする。

突っ込まれた時に多少衝撃は来たものの、足が一歩後ろに下がった程度で問題なく踏み留まれるし、衝撃による痛みはさほど感じない。

なるほど、これが鬼上げした防御力の恩恵ってやつか。

ギャンッ!?


『【噛みつき】Lv1を取得しました』


「おぉ、噛みつき! 噛みつき……? そうか、噛みつきか」

5匹目を倒したことで、視界の下部を流れるアナウンス。

新スキルを得られたことで思わず興奮するも、冷静になるにつれて、俺の首が傾いてゆく。

どう考えても魔物専用スキルだと思うんだけど。

【噛みつき】Lv1　任意で1秒間、噛みつく所作に能力値120%の補正を行う　魔力消費3

詳細説明はこのようになっており、魔力を3消費して噛む力を増やしたい場面がまったく浮かんでこない。

この世界、パンとかお肉って結構柔らかいしなぁ……

まぁいいか。

ボーナス能力値が待ち望んでいた筋力だし、スキルの有用性に関係なく俺のステータスは上昇する。

というよりスキル全てが有用なわけもないのだから、拾えるスキルはなんでもきっちり拾って能力を伸ばしていくことも重要だろう。

さー次だ、次。

入口付近を徘徊(はいかい)しているせいか、先ほどから見かけるオークは解体された後の死骸ばかり。

それらに群がるスモールウルフを倒しながら、生きたオークの姿を探していく。

そして――。

「見つけた……」

ようやく動くオークの姿を確認するが、どうも様子がおかしい。

2匹いるようで、相手は4人パーティだろうか？

既に交戦している様子だが、逃げようとしているのか。

一部は背を向けており、まともに戦っているような雰囲気は感じられなかった。

……さて、どうしたものか。

以前アマンダさんから教わったルールだと、誰かが戦っている魔物の横取りはご法度。

不必要に余計な手出しをすればトラブルの元になると言っていた。

ここら辺は俺がどっぷりハマっていたゲームでも一緒だ。

所謂『横殴り』というやつで、大体経験値や戦利品絡みで揉めるため、ゲームによっては某掲示板に晒されるくらい忌み嫌われるマナー違反行為とされている。

そして視界の先にいるパーティはというと、斧を持ったガタイの良い男が殿を務めながら近寄らせないようにしつつ、弓を持った1名と籠を背負った荷物持ちが間に、槍を持った男が森の出口方面へ小走りで移動していた。

引きながら安全地帯まで誘導しているようにも見えるし、撒けなくて困っているようにも見えるし……

なんとも判断のしにくい状況だな。

「んー……一応、声は掛けとくか」

ヘルプに入るなら、初見の魔物は避けておきたいというのが本音だ。

余計なリスクを抱えたくないが、しかしジンク君達のように、本気で困って逃げている可能性もある。

「すみませーん！　ピンチなら助っ人に入りますけど、どうしますかー？」

すると、よほど焦っていたのだろう。

俺に気付いた斧の男が大声を発した。

「ッ!?　本当か!?　助かる!!　1匹お願いできるか!?」

「分かりました～！」

そうは言いつつも、そもそも戦ったことがないのだから、俺が1匹を押さえられるのかは分かっていない。

ただスモールウルフに体当たりをされた時、この程度？　と思ったのも事実。

なら、なんとかなるはずだ。

緑色の図体をしたオークはデカいし、手には俺の胴回りくらいありそうな木の丸太を持っているけど……

っていうか、近づくほど威圧感が凄まじいけど！

俺が近づくとオークも気付いたようで、1匹が俺に向かってその丸太を振り被ってくる。

（速さはスモールウルフの方がよほど速い……避けるだけなら問題ないか）

そう感じながら丸太を躱し、振り抜いたその腕を剣で斬り付ける。

が、この程度では致命傷には至らない。

もっと上、首を狙いたいが。

（位置が高い……なら足を斬って、まずは膝を突かせるか？）

そう思って視線を下に向けながら斬りかかろうとした時。

【気配察知】が妙な動きを捉えた。

（え？　なんでもう1匹も俺に……ウグッ!!）

視界が――、回る。

空を見たかと思えば土が見え、自分が地面を転がされていることに気付いたのは、木にぶつかって動きが止まった時だった。

さほど動いたわけでもないのに、自然と息が荒くなる。

「ハッ……ってぇ……クソッ……！　なんで2匹ともこっちに!?」

先ほどまでいたであろう場所に目を向ければ、既に4人パーティの姿は消えており、周囲はオーク2匹の気配しか感じられない。

「マジか……もしかして、そのまま押し付けられたのか……？」

先ほどのオークの攻撃は、俺も剣を振り被っていたため避けようがなかった。

だから咄嗟に出た腕で強引にガードするくらいしかできなかったが――、その腕の具合をすぐに確かめる。

「……やっぱりだな。まともに食らえば吹き飛ばされるけど、ダメージはそこまで大きくない。防御力様々ってわけだ」

だったら、俺が、倒せないわけがない。

「おもいっきり振り回しやがって……お前ら、覚悟しろよ？　俺は100発殴られたって死なないからな」

そう宣言すると、オーク2匹に向かって斬りかかった。

▽　▼　▽　▼　▽

その後も黙々と、倒しては解体を繰り返しながら各5匹の討伐ノルマをこなしていく。

『【夜目】Ｌｖ１を取得しました』

『【粘糸】Ｌｖ１を取得しました』


そして最後。

５匹目のリグスパイダーを倒した直後に、心待ちにしていたスキル取得のアナウンスが連続して流れた。

すぐに詳細説明を確認すると【夜目】は予想通り、暗闇の中で多少視野を確保できるスキルらしいが。

「【粘糸】は――文字が灰色？　詳細説明も出てこないのか」

ここで初めての現象。

他は白文字の中で、直感的に使用不可を示すようなスキルが登場した。

スキルレベルやステータスボーナスは存在しているが、意識したところで何も反応を示すことはない。

まぁスキル名を見れば、納得ではあるが。

【突進】や【噛みつき】と違い、俺がやろうと思ってできるような内容ではないのだ。

いくらスキルを得たからと言って、いきなり糸まで吐けてしまえば人間卒業みたいなもの。

なんなら使えない方が安心くらいまである。

「リグスパイダーは【夜目】と【粘糸】、スモールウルフは【突進】と【噛みつき】、オークは【棒術】だけっぽいけど、スキルはレベル2って感じか」

丸太を振り回していたオークは、5匹目で既に所持していた【棒術】がレベル2に上がったので、ルルブの魔物が持つスキルはこれで一通り把握できただろう。

ふぅー……

倒したリグスパイダーの解体を終わらせるも、どうも先ほどから集中できていない。

当然理由は、先ほどやられたパーティの行動だ。

なぜ、あのようなことを平気でするのか。

せめて無理なら無理で、一声掛けてくれれば対処の仕方だって違っていたのに。

下手をすれば、俺が代わりに死んでいた。

そうだ、俺の防御力が伸びていたからなんとかなっただけで、普通ならば死んでいたかもしれないんだ……

こんな時、しょうがないと。

許せてしまう人間もいるのだろうが。

「なんでも許すことが正しいわけでもない。許せば『悪』は繰り返す。人が嫌がることであろうと、自分に得られる何かがあれば何度でも……ちゃんと、ケジメはつけさせないとな」

嫌な記憶が脳裏を過り、自然と拳は強く握り込まれる。

こうして初日となるルルブの森の調査は終了した。

第14話　輸送システム

「おっ、まずまずの戦果ってところか。やっぱり1人で行ってきたのか？」

　ベザートの解体場。

　背負う籠からはみ出たオーク肉にチラリと視線を向け、ロディさんは俺にそう問いかける。

「ええ。1人でもなんとかなるって分かったのはいいんですけど、あそこは素材の入手がどれも面倒ですね」

「ふむ……スモールウルフの皮は捨てたか」

「試してみたら難しくて、あんなの最初は誰かにコツを教わらないと無理だなって思っちゃいました」

「まぁ地力のある連中なら、魔石だけ抜いて数をこなした方が金になるしな。リグスパイダーの糸は一応回収してきたようだが――その感じだと、もううんざりしてるだろう？」

　籠の中を覗（のぞ）きながら、苦笑いを浮かべるロディさん。

　ハンターの通る道なのか、こちらの考えをよく分かっていらっしゃる。

「触った箇所から全部ベトベトしていくんですから、また回収しようとは思わないですよ……」

「だから言っただろう？　金を稼ぐ目的ならロキにルルブは向いてないって」

「……まぁ今日は下見なんで、明日から本気出しますけどね」

「ほーう、無理する必要はないと思うがな。ハンターなんだから、それぞれ得意なことをやりながら金稼いで、そのついでで世の中にちょろっと貢献しとけばそれでいいんだよ」

言いながら素材を一通り確認すると、ロディさんはオークの肉を持ち上げ解体場の脇へ。

釣りに使われるようなフックの付いた大きな針が吊るされており、肉を引っ掛けた後に後ろをゴソゴソと弄っている。

「それは重量計か何かですか?」

「そうだ。肉は部位と重さ、あとは素材ランクで値段が決まるからな。ホーンラビット程度なら1匹いくらって感じだが、オークとなるとさすがにそんな大雑把にはできん」

それもそうか。

ホーンラビットなら多少肉の量が前後しようと精々数百ビーケ程度の差。

子供のホーンラビットは見たことないけど、狩ると大きさはどれも似たり寄ったりなので、大して差が生まれることもない。

だがオークの場合は、ハンターがどれだけ切り分けて持ち帰るか次第だ。

さすがに手で持って重さが瞬時に分かるようなスキルが――この世界ならあるのかもしれないけど、こうしてちゃんと計量後に値段を割り出すわけね。

「よし終わったぞ。オークが5匹で素材ランクはどれも『B』、肉質は特上、重さは全部で26kgだな。あとは魔石と討伐部位もオークは5匹、リグスパイダーが5匹、スモールウルフが11匹分。あとはリグスパイダーの糸が1kgってところだな」

そう言われて毎度の木板を渡されるも、これを見たってさっぱり金額が予想できない。

「大丈夫です。ただ今までと違って値段がまったく分かりませんね……」

「それは……俺も分からねぇ。そういうのは受付の仕事だ。アマンダにでも聞いてこい」

「ですよねー」

しょうがない。

一応素材価値の感覚は掴(つか)んでおきたいし、これでいくらになるかは確認しておくか。

あーあとロディさんにはこれも伝えておかないとな。

「ロディさん。明日から本気出してルルブの森に引き籠りますので、当面こちらには顔を出さないと思います。籠は誰か使いたい人がいたら貸しちゃってもいいですからね」

「は？　ちょっ……待て待て、どういうことだ？」

「言葉の通りで、ルルブの森の中で当面生活します。なので町には戻らないってことです」

「お、お前の本気ってそういうことなのか!?　まともじゃないぞ！　おい、聞いてるのか!?」

「大丈夫です。得意なことを頑張ってきますから！」

そう言い残して次は受付へ。

アマンダさんに木板を渡すつもり、が――

カウンターの横には、俺を見つけた途端勢いよく土下座をする男。

そう、今日見かけた斧の男が地面に額を擦(こす)り付けていた。

「本当に済まなかった！」

大声の謝罪がギルド内に響き渡る。

その姿を見て、換金や分配、食事で賑わっていたハンター達が、何事かと一斉に押し黙って様子を窺っていた。

そして俺はというと、まず土下座という文化があることに面食らったが……

すぐに公衆の面前で恥をかいてでも謝罪できるのかと、想像していた男のイメージに修正を加える。

「……とりあえず顔を上げてください」

「いや！　そう簡単に上げられるものじゃない！　わざわざ助けに入ってくれた者に魔物を押し付けるなんて……本当に……本当に済まなかった……」

「では教えてください。そこまで理解されていて、なぜあのようなことをされたんですか？」

気付けばパーティの姿が見当たらなかったのだ。

逃げなきゃ厳しい状況だったことは理解しているが、こうして謝罪できる人が俺に魔物を押し付けた理由までは分からなかった。

「それは……俺があいつらの命を優先したためだ。君の動きを見て、これは大丈夫だろうと、そう思ってしまった……」

「……」

なんとも反応に困る返答だな。

オークとは初戦で、俺を強者と勘違いするほどの動きが取れていたとはとても思えない。

あいつら――、他にいた、3人の命ってことか？

ここにはいないようだが……

困惑が顔に出ていたのか。

「アルバ、あなたは結局見捨てられたんだし、今更元パーティメンバーをかばったってしょうがないでしょ」

「ッ……」

厳しい表情をしたアマンダさんが横から口を開く。

「どういうことですか？」

「アルバ達が今日の顚末を伝えに来たのよ。助けに入ってくれた少年に魔物を押し付けて逃げてしまったって。その時に話していた――というか、揉めていた理由と違うから」

「そ、それは……」

「あなたが止めても3人は狩場から抜け出すことを優先し、現場に戻ろうともしなかった。コーディーとリンズが負傷していたっていうのもあるんでしょうけどね」

「その3人は、どこに？」

そう問うと、アルバさんもアマンダさんも、苦虫を嚙み潰したような表情をする。

「済まない……君がアデント達と揉めた相手と知るや否や、この町から逃げてしまった……」

「これは私が悪いわ。お人好しがいてくれたおかげで助かったなんて言うものだから、もしロキ君が相手ならタダじゃ済まないわよって、思わず言っちゃって」

「あーそういうことですか……」

これはアマンダさんを責めることもできないな。

こうした謝罪もなく、のらりくらりと躱すようだったら、本気で何かしらの代償を払ってもらおうと考えていたのだから。

そして今、ここにいない3人はそれが確定した。

しかし——反省し、こうして自ら謝罪できる人なら別だ。

「事情は分かりました。とりあえず謝罪はしっかり受け取りましたから、もう気にすることないですよ？　次は気を付けましょうというくらいで」

「え？　い、いや、しかし！　おめおめと助けられた者だけが生き残り、最悪は君だけが死んでいた可能性だってあったんだぞ!?」

「状況によってはそうなっていたかもしれませんけど、とりあえず僕はこの通り生きてますから」

「どこか、怪我とかしていないのか？」

「おかげ様でピンピンしています」

「強いとは思ったが、まさかオーク2匹に無傷とは……」

「実害はありませんし、アルバさんも反省されているようですし……逃げた3人はもしどこかで見かけたらボッコボコにしてやろうかなって思いますけど、アルバさんに対して僕が何かするつもりはないですよ？」

「で、でもだな！　それでは俺の気が——」

んー。

よほど罪悪感に苛まれているのだろうか？

まぁ俺の防御力がもっとペラペラなら、助けに入った者が惨たらしく死に、助けられた者達が逃げ帰るという構図になっていたのは間違いない。

俺が逆の立場だったら――

うん、罪悪感があるなら当分まともに寝られないだろうな。

となると、何か軽い要求をしてあげた方がアルバさんの心は軽くなるかもしれない、か。

「ん～んー？　うーん……」

「ロキ君？　大丈夫？」

彼はルルブの森で狩りをしているハンター。

現在はパーティ解散状態でたぶん１人。

年齢は――、30代くらいでハンターとしては慣れていそうな感がある。

しかし、オーク２匹だと苦しいくらいの実力か……

「ちょっとー！　ロキ君！　聞いてる？」

「あ、あぁ少し考え事をしておりました」

「たまにどこかへ意識が飛んでるわよね……」

「ははは……考え事をするとよくこうなってしまいまして。それでアルバさん」

「な、なんだ？」

「今回の件があるから、というわけではありませんが、お互いに得が生まれるかもしれないので、少し僕とお話ししませんか？」

「え？」

「とりあえずそこに座りましょう。あっ、おばちゃん、果実水氷バージョンください！　アルバさんも何か飲みますか？」

「い、いや遠慮しておく……」

「喉渇いたら言ってくださいね。そのくらい奢りますから」

「あ、あぁ……」

先ほどから何が何やらという顔をしているが、大事なのはここからだ。

多少不躾な質問をしてしまうことは許してほしい。

「それではこれからいくつか質問をさせてもらいます。そう難しいことは聞きませんので気軽に答えちゃってください」

そう言って俺の考えていることが実行可能か、一つ一つ確認していく。

「アルバさんはこの町のご出身ですか？」

「ん？　そうだが……」

「ハンターはいつ頃から？」

「10歳になってからだ」

「ということはハンター歴は結構長いわけですね。今Eランクですか？」

「そうだ」

「パーティは3人が町から逃げたということで、今アルバさんおひとりということになるんですかね?」

「そうなる」

「今後はどうするご予定で?」

「ルルブで狩っているどこかのパーティに交ぜてもらうか、もしくは1人でも問題ないパルメラかロッカー辺りで日銭を稼ぐか……まだ決まってはいないな」

「なるほど。では声を掛けられるパーティがいくつかあるということですね」

「長くハンターをやっていれば、知り合いはそれなりにいるからな」

「ちなみにルルブの魔物ですけど、仮にアルバさんおひとりであればどの程度倒せそうですか?」

「ひ、1人か……?」

「ええ。例えばオークは無理、でもスモールウルフ2匹ならいけるとか、なんとなくで結構ですので」

「そうだな……オークだと無理をして1匹なら倒せるかどうか、スモールウルフやリグスパイダーだと1対1ならまず問題ない。ただ複数匹同時はあまり自信がないな」

「なるほどなるほど……今声を掛けられようとしている他のパーティの方々はどうです?」

「どう、とは?」

「実力的には皆さん同じくらいですか? 1人だとオークを倒せるかどうか、パーティでも無理をしてオークの複数匹同時戦闘はしないくらいとか？」

「ベザートだと一つ抜けて強いパーティはあるが、あとはどこも似たり寄ったりで今言ったくらいの実力だろう」

ふむふむ。

一つ抜けて強いパーティというのは、ロディさんが言っていた特大籠を唯一使っているパーティのことだろうな。

「ということはルルブの1日の収支で言えば、パーティでおおよそ20～30万ビーケくらいでしょうか？」

「そう——いや、30万は無理だ。俺がいたパーティもそうだが、オークを1匹狩ったら肉を詰めるだけ詰めて町へ戻るやり方だからな。他の魔物の素材があったとしても、1日20万ビーケを少し超えるくらいであることが多い」

「その報酬をパーティメンバーで分けるということですね？」

「そうなる」

「分かりました、ありがとうございます。いろいろ細かいところまで聞いてしまってすみません」

「いや、所持スキルとかの話ではないし、この程度はまったく問題ないが……今ので何か分かったのか？」

「ええ、バッチリですよ」

ここまで聞ければ問題ない。

後は条件が整うかどうか。

そしてやる気があるかどうか次第だな。

まぁ仮にアルバさんが乗っかってくれなくても問題はない。

当初はその予定だったわけだから、今からしようとしていることはあくまでおまけだ。

「では僕から提案をさせてもらいます。もちろん断られても結構ですので、とりあえず内容だけでも聞いてください」

そう言って俺の明日からの予定とこの計画について、アルバさんに掻い摘んだ内容を説明していく。

――明日から俺は、暫くルルブの森に引き籠ること。

――その間、魔物の素材には目もくれず、その場に捨てていくこと。

――捨てられた素材は好きに回収してもらって構わない代わりに、その報酬の3割を俺にくれること。

――その分、俺の後を一定間隔さえ空けてもらえれば、素材回収目的でいくらでもついてきてもらって構わないこと。

――ただし魔物と遭遇した場合は自分、もしくは自分達で対処、自衛すること。

あくまで概要だが、それでもこの話を聞いたアルバさんは目を丸くする。

「ちょ、ちょっと待ってくれ！　それは君に、いや失礼――ロキにとって何か利点があるのか？」

「ありますよ？　ルルブの森って遠いじゃないですか。1日に何往復もできる距離ではありませんし、それなら誰かに荷運びをしてもらって、僕は魔物討伐に専念した方が効率も良いかなと思いまして」

「確かに、そう言われると納得もしてしまいそうだが……それでも相当数の魔物を倒さないといけないだろう？」

「大丈夫ですよ。１日50匹でも１００匹でも狩りますから」

「……は？」

「ルルブの森では実際どうなるかまだ分かりませんけどね。ロッカー平原だと1日１００匹くらいは狩っていたので、ルルブの森であってもそれくらいはいけるんじゃないかなと思っています」

「お、俺はその後をついていって、倒された魔物の素材回収だけをひたすらしていけばいいということか……？　そんな旨い話があっていいのか……？」

「リスクがないわけではありませんよ？　女神様の祈禱の恩恵が分散しないよう、ある程度の距離――そうですね。僕がギリギリ見えるかどうかくらいには最低でも離れてもらいます」

「ふむ……」

「一応アルバさんが魔物に絡まれにくいよう、周囲を潰すイメージで魔物を狩っていくつもりですが討ち漏らしを無くすなんてことはさすがに無理でしょうからね。多少は魔物に絡まれることも想定してもらう必要があります」

「今まで狩っていた狩場だからな。そのくらいならなんてことはない。となると、問題は人か」

「その通りです。アルバさんのパーティが全員反省されて残っていたなら良かったんですけどね。

さすがにおひとりとなるとすぐ籠も一杯になるでしょうし、何より危険だと思いますから、それで他のパーティを誘えそうか先ほど確認させてもらったんです」

「なるほど、そういうことか」

「なぁ、その話。俺達も一枚嚙ませてくれないか？」

唐突な発言に声の方へ振り向くと、アルバさんと同じ30代くらいの無精髭を生やした男が立っていた。

アルバさんに視線を向けると、知り合いなのか深く頷かれる。

「俺はミズルという。アルバと同じ、ルルブで狩っているパーティのリーダーやってんだが……俺達もその話に交ざれねーか？」

「僕はロキと言います。えーと、皆さんEランクのハンターですか？」

「俺のパーティは全員Eランクだ。面白そうな話が聞こえたもんでな。ロキと一定間隔離れれば素材は回収し放題、その代わり報酬の3割を渡す。魔物に絡まれた時の対処は当然自分達でする。この条件なら俺達も問題ねーぜ？」

「そうでしたか。ちなみにアルバさんが声を掛けようと思っていたパーティの一つですか？」

「そうだ。昔からの知り合いでな。真っ先に声を掛けようと思っていた」

なるほど……それなら最低限の信用はあると判断できる。

話し方や見た目なんかは、ハンター相手なら目を瞑らなければいけない部分だし気にしてもしょうがない。

「それなら大丈夫ですよ。逆に声を掛けてくれてありがとうございます」

そう言ってミズルさんを空いた椅子へ誘導した。

「ミズルさんのパーティは何人ですか？」

「俺達んとこは5人だ」

「ふむふむ。となると大体1日の狩りで得られる報酬は1人4～5万ビーケとかそのくらいですかね？」

「そうだ。それよりも増える可能性があるんだろ？」

「僕に渡す3割を考えれば、最低1人7万ビーケ以上の収入……となると、余裕でしょうね」

「マジかよ？　余裕って、そんな報酬が凄いことになるのか……？」

「単純な話で、アルバさんとミズルさんのパーティ5人で計6人。その全員の籠を満杯にすることは簡単でしょう？　オークを6匹倒せばそれだけで埋まっちゃうんですから。もちろんそれ以上狩るので、厳選するなり他の素材を交ぜるなり、その辺は好きにしてもらって構わないですよ」

「「……」」

「なので僕からのお願いとして、全員が大きい籠を背負ってください。必要があれば僕の私物ですけど、さらに大きい特大の籠をお貸しすることもできます。そして籠が満杯になった時点で皆さん同時に帰ってもらうのがいいのかな？　その方が自衛もしやすいと思いますし、素材の取り合いを防ぐなら参加している方で報酬を均等に分けてもいいと思います」

「そうだな。埋まったやつから抜けていかれちゃ、残ったやつらがどんどんキツくなる」

「報酬を均等というのは俺も賛成だ。余計な取り合いをしなくて済むから揉める必要もないし、その方が作業効率も良いだろう」

「誰かが解体しているうちは1人が護衛に付くとか、そこら辺は皆さんで上手くやってもらえればと思います」

「分かった、それはこちらで考えよう」

「あとは朝から狩りをしていると思いますので、僕は皆さんが到着したことに気付けません。ここがこの作戦の一番の問題点になります。なので大きな音を鳴らせるような物があれば有難いんですが――そんなのありますかね？」

「楽器くらいしか出てこないな……」

「あー……指笛はどうだ？　手軽にそれなりの音を出せるってなると、それくらいしか出てこねぇ」

「それじゃ一度指笛を試してみましょうか。聞こえれば僕は魔物を倒しながら音の鳴る方へ向かいますから。もちろんその間に散らばっている魔物の死体があればどんどん解体してもらって構いません」

「あぁ分かった」

「うーん、あとは何かあるかな……あっ、これは僕から指名した方がいいと思うので、アルバさんが臨時のリーダーをやってください」

「俺か？」

「ええ。他に確認すべきこともあるので暫定的ですけど、素材の引き渡しはアルバさんが立ち会うようにしてもらって、木板をアマンダさんへ渡してもらえれば……アマンダさーん！　謝礼払いますのでご協力お願いできますか？」

「……聞いてたわよ。またよく分からないことを……まぁいいわ、3割でしょ？　その分をロキ君の預けに足しておく。これで良い？」

「1日の金額もそれぞれ記録しておいてもらえると最高です！」

「くははっ！　こいつはワクワクしてくるなぁオイ！」

「そうだな……そもそも素材を丸ごと捨てるなんて発想を持つやつがいないんだ。前代未聞と言える」

「無理はしないでくださいね？　僕は毎日狩る予定なので、休みたい時は前日に言ってもらえれば、ルルブの森の奥の方にでも行ってると思いますから」

「稼げる時はガツンと稼がないとなぁ。あとは成果次第ってとこだ」

「俺は休みたいなんて言える立場じゃないからな。俺だけならさすがに便乗して休むが、誰か行きたいやつがいる限りは俺もついていくとしよう」

「それじゃ明日だけは一緒に行きましょうか。集合は朝の鐘が鳴った後にでもギルド集合ということで！」

「おうよ！」

「分かった」

こうして3人と握手を交わし、以前ロッカー平原で思い描いたサブキャラ輸送システム――。

その派生とも言える環境を作ることになった。

第15話　さらなる理想を求めて

　ハンターギルド内の解体場。

　そこは朝から異様な光景が広がっていた。

「よし、エンツ！　お前はロキの特大籠担当だ！」

「おうよ！　限界まで運んでやる！」

「ロイズ！　マーズ！　お前らも自分の限界と思うところまでは籠に詰めろよ！」

「分かったわ」

「まさか自分が籠を背負うとは思いませんでしたね……」

「俺とザルサは籠の容量限界まで運ぶ。近接職の意地を見せろよ？」

「当たり前だ。ロイズとマーズにはさすがに負けない」

「ミズルパーティも問題ないようだな。それじゃあロキ、頼む」

「分かりました」

　そう声を掛けられ、ロキは自己紹介をする。

「ミズルさんパーティの方は初めまして。僕がこの計画を立案したロキと言います。急な話だったとは思いますが、お互いが得をするようにと思っての作戦ですので、皆さん無理のない範囲で頑張りましょう！」

「「「おう！」」」

「その他詳しいことは道中たっぷり時間がありますから、気になることがあれば移動しながらでも確認していきましょうか。さっ、それじゃあ出発しましょう！」

解体場側の裏門からゾロゾロと出ていく、籠を背負った6名の大人と近接装備の少年1名。

普通は籠を背負う荷運びがパーティに1名。

誰に聞いてもまず同じ答えが返ってくるハンター達の常識である。

そんな常識から外れる光景を、この解体場の主任ロディはもちろん、ただ籠を取りに来ただけのハンター達も、「何事か？」という眼差しを向けながら見つめていた。

▽　▼　▽　▼　▽

「つーことはあれか？　まだルルブの拠点場所も決めてないのか？」

「ですね。なんせ昨日が初めてだったもので。まぁだからこそ今なら融通が利くとも言えますが」

向かいながら俺達はルルブの森内部の構造について確認していた。

今日はいい。

同時スタートなのだから、トラブルもなく皆の籠は一杯になるだろう。

だが明日以降、上手く合流できなかった場合はこの計画も頓挫してしまう。

俺がルルブの奥地に拠点を構えれば、彼らが踏み込んでくる入口へ戻ることが困難になってこの作戦は上手くいかない。

しかし合流を優先してあまり森の浅いところや外に拠点を構えると、他のパーティも動いているだろうから周辺の魔物が枯渇しやすくなるし、そもそも俺が拠点を構えられる立地があるかも分からない。

諸々（もろもろ）の経験値とお金。

二兎（にと）を追ったのは俺なので、拠点はある程度妥協もしていかないとダメなんだろうけど……

「あー……俺達がいつも入る森の入口からなら、2時間くらいのところに崖があったよな？」

「あるな。俺達がそこまで入り込むことはほとんどなかったが、確かフェザー達はそこで引き返していたはずだ」

「フェザー？」

「ベザートで一番稼ぐ連中だな。って、ロキの方がもう稼いでいたか」

「あ～特大の籠を使っている、ルルブで1日40万台ってパーティですね」

「あそこは肉を厳選するからな。そんくらいはいってもおかしくねぇ」

「まぁまぁ皆さんも、少なくとも今日は間違いなくその40万を超えるわけですし、お金のことはそんな気にしなくていいと思いますよ」

「ね、ねえ……本当にそんな額が稼げるの？」

「ああ……いまいち信じられねーっていうか、リーダーが大丈夫だって言うからついてきたけどよ。本当にいけるのか？」

「大丈夫ですよ。１人最低でも15万ビーケくらいはいくんじゃないですか？　６人を１つのパーティと見るなら90万ビーケ以上ってことですね」

「あ、有り得ない金額……」

「なんでそんな普通に言ってるのよ……15万ビーケもあれば楽に半月は暮らせるわよ!?」

「なあ。興味本位で聞くんだが、ロキって１日どれくらい稼いだことがあるんだ？」

「んー僕はパルメラ大森林とロッカー平原くらいしか知らないですからね。ロッカー平原なら確か80万ビーケくらいだったと思います」

「「「……」」」

お金なんて敵を効率重視で乱獲していれば勝手についてくる。

だから今ある問題はそこじゃないんだが……

どうしても皆さんお金の方に意識が向いてしまっているな。

「問題はお金じゃないんですよ。そのフェザーさん達と狩場が被っているかもしれないっていう方がマズいです」

「そうなのか？」

「それこそ僕が倒した魔物を先に拾われちゃうかもしれませんよ？　魔物の数だって狩場が被れば減るでしょうしね」

「ふむ……」

「ちなみにルルブの森に入るパーティは、皆さん同じところからですか？」

「ん？　あー……そういやそうだな。どいつも昔からこの道を通って森に入る」

「少なくとも、俺の親父の代からルルブはこの道だったはずだ」

「なるほど。森はそれなりに広そうなのに、皆が同じルートか……」

まぁそれもしょうがないことなのか？

俺だって昨日ルルブに行った時は、ベザートの北西にある大きな森という情報を頼りに、既に踏み込まれている脇道を通りながら向かったんだ。

何も考えなければ、ベザートから一番近く安全な通り道として、自然と入口が決まってしまうものなのかもしれない。

（混むことを回避……別ルート……ただ辿り着けなければ意味がない……）

そこでふと、ルルブの森を通るセイル川のことを思い出す。

「あの、ルルブの森の中をセイル川が通っているんですよね？」

「そうだな」

「パルメラの中を流れてベザートの横を通り、ルルブの森に入っていく――その川が入り込む森の入口付近で狩りをしたことはあります？」

「川の方からルルブに入るやつなんて聞いたこともねーぞ？」

「そうだな。俺もそんな経験はない」

「それはベザートの町から遠いからですか？」

「誰もそこで狩りをしているやつがいないからな。さっぱり分からんとしか言えん」

「んだな。行こうと思ったことすらねぇよ」

「そうですか……」

川を辿ればルルブの森に着けるなら、迷子になって合流できなくなる不安は消える。

おまけに人もいないとなれば最高の狩場じゃないかと思ったが、そう上手くはいかないか。

半ば諦めていると、道中黙っていたマーズさんが口を開いた。

「移動時間はさほど変わりませんよ。子供の頃うちの祖父さんと一緒に、釣りのついでで見に行ったことがありますから」

「え？」

「ただ昔から危険だから行くなと言われていた場所です。川の周辺は魔物が多いという話があるみたいですからね」

「あ～そんな話はあるな。だから行くやついねーのか？」

「それはそうでしょう。誰も行く人がいなければ、何かあった時に助けも期待できないんですから。そもそも――」

おいおいおい……

冷静になって考えろ。

川の周りは魔物が多い、これはパルメラでも経験した。

ということはルルブでも同じだろうし、だからこそ危険で誰も行くことがなく、忘れ去られていたというのも納得はできる。

そして誰も行く人がいないなら狩り放題。

俺的には超美味しいし、6人の素材回収にだって大いに貢献できるだろう。

肝心の移動に関しても、子供の頃のマーズさんとお祖父さんが行けるくらいなんだ。

移動時間も変わらないなら何も支障になることはない。

おまけに川付近なら拠点に最適な洞穴も見つかる可能性があるし、水の確保も容易で【水魔法】を取得する用のスキルポイントもとりあえずは温存できる……

さ、最高過ぎる環境だろう！

——しかし、だ。

問題は6人の安全を確保できるかどうか。

いくら魔物は自分達でといっても、気付けば全滅していましたなんてことになってしまえば俺も責任を感じてしまう。

定点狩りの要領で周辺を狩り倒せばまず問題はなさそうだが——

（う……うぐぐ……どうしよう……）

こうして悩んだ俺から出た言葉は、6人に対しての問いかけだった。

「皆さん。大金を摑む代わりに、冒険する覚悟はありますか？」

「着きましたね」

「ああ」

「見た感じは普通、だなぁ」

「逆にいつものところより長閑(のどか)じゃないかしら?」

「……」

「っしゃあ! 俺は覚悟を決めたぞ!」

「俺もだ」

セイル川が緩やかに入り込む森を見つめる7人。

太陽の具合を見るに、今は11時くらいだろうか。

急遽(きゅうきょ)の方向転換をしてしまったので、トータル4時間くらいかかってしまったが……

それでも良く言えば穴場、悪く言えば魔物の巣窟とも言える場所に俺達は到着した。

周囲は釣りに向かう道中と同じく草原地帯で、何も言われなければパルメラ大森林に入るのとほとんど変わらない景観が続いている。

結局俺の提案に乗った6人は、良くも悪くもハンターだった。

いや、違うか。

この世界の住人と呼ぶべきだな。

死は身近な物。

稼ぎにある程度のリスクを背負うのは当たり前のことで、『大金』と『死の可能性』という2つを天秤に掛けたこの6人は『大金』を取った。

そういう思考の持ち主だったということだ。

……若干1名は怪しいが。

まぁそれでもついてきたんだ。

ならばやるだけのことをやろう。

魔物を狩りまくり、ついてきた6人を極力死なせないようにしながら稼がせ、そして俺も稼ぐ。

ジンク君達の時以上に気合を入れなければ。

「それでは始めましょうか。今日はとりあえず川から東におおよそ500mくらいまで。このくらいの範囲の魔物を、僕が移動しながら殲滅するつもりで倒していきます」

「1時間後くらいに俺達は突入で問題ないな？」

「ええ。時計がないのでおおよそだと思いますけど、そのくらいで大丈夫なはずです。くれぐれも川から離れ過ぎないようにしてくださいね。僕も感覚でしか距離を測れませんので、体感300mくらいとか、ある程度距離の安全マージンを取っておいた方が良いと思います」

「了解だ」

「何かあっても今いる安全地帯までは逃げやすいと思いますから、初日の今日は極力森の浅い箇所を中心に。皆さんの籠が埋まったら――ミズルさん」

「おうよ！」

「指笛を可能な限り大きく鳴らしてください。それで僕は終了の合図と判断しますので、今日は僕も一旦ここに戻ってきます。あとは万が一魔物に囲まれてどうしようもない時は、指笛を2回鳴らしてください。間に合うと断言はできませんけど救援に向かいます」

「任せろ。そうならないように、ヤバいと感じたら森からの脱出を優先するぜ」

「それが一番ですね。ふぅ——……では行ってきます！」

後ろから声援が飛ぶ中、俺はルルブの森へ走り出す。

まずは川の周辺からだ。

オークを見落とすとは思えないので、スモールウルフとリグスパイダーを対象に、【探査】を切り替えながら魔物の空白地帯を作り、そして広げていく。

（突入してすぐは何も反応なし……となると、もう少し奥か？）

想定していたよりもだいぶ静かな出だしだ。

一瞬不安になるが、しかし森の入口から100m近く入ったところで気配が一変した。

（うおっ……オークが目視で3匹、リグスパイダーが周囲30m内に……5匹か。そしてスモールウルフは——何匹いんだよ、これ……）

【探査】に具体的な数を示す能力はない。

感覚であの場所にある、あの辺りにいるというのが分かるくらいなので、数が多過ぎると個別の反応も摑めなくなる。

（まぁいい。どうせスモールウルフなんて向こうから寄ってくるんだろ？　もうこっちに向かって走ってきているしな。だったらリグスパイダーの射程に入らないよう気を付けつつ、近寄ってくる

魔物を片っ端から捻じ伏せるだけだ）

そう判断して一歩、さらに一歩と森の奥へと足を踏み入れる。

「オラッ！」

前方から飛び込んでくる4匹のスモールウルフ。

その先頭が【突進】を使ってきたタイミングで横薙ぎに剣を振るう。

そして同じように【突進】してきたスモールウルフを袈裟斬りにし、続く2匹のうち1匹の動きに合わせて腹を裂く。

「ってぇ……」

もう1匹に腕を噛まれるも、防御力のおかげで歯が僅かに食い込んでいるだけだ。

この程度なら多少痛いだけで済む。

食らいついていたスモールウルフの頭を剣の柄で強く殴りつけ、近づいてくるオーク3匹、スモールウルフ5匹、さらにその後ろに見える数匹のスモールウルフにも備える。

「ははっ……こりゃ凄い！　まさに休む暇もない入れ食いだ！　おっしゃ！　どんどんかかってこい!!」

俺の足先に纏う、青紫の霧。

ドンッ！

『土よ、大きく、盛れッ！』

ズズズズズッ……

足踏みと同時に出現した眼前の土の山で、同時に振り被ってきたオーク2匹と、【突進】を仕掛けてきたスモールウルフ2匹の間に壁を作り、土盛りの横から蹴り上げてオークの首を切り裂く。

「だめか……」

筋力の問題か、それとも【剣術】スキルの問題か。

今の俺ではオークの首を刎ねるに至らず、それでも膝を突いて蹲るオークの首へ背後から剣を突き刺し、こん棒とも呼べる、太い木の丸太を振り回す別のオークの攻撃を躱しつつも太ももを斬り付け膝を突かせる。

その瞬間、オークの背後から飛び掛かるようにスモールウルフが襲ってきたため、咄嗟に左手で握ったナイフを眼球の奥に刺し入れた。

「うぐっ！」

横っ腹に衝撃を感じて軽く吹き飛ばされるも、そこまで強い痛みはない。

その原因には視線も向けず、次々と飛び掛かってくるスモールウルフを相手に、右手のショートソードと左手のナイフで斬り付けていく。


『【噛みつき】Ｌｖ2を取得しました』


（ふぅ……オークを倒しきる前に、もう次のスモールウルフの団体が――）

倒れるスモールウルフを踏みつけながら、先ほど殴ってきたであろうオークの首にナイフを突き入れ、眼前で上段にこん棒を振り被っている3匹目のオークの腹へ剣を刺し込む。

だが――、オークは敵意を剝き出しの血走った目で俺を睨みつけていた。

振り被るこん棒は止まらない。

ゴツッ！

「がはッ……」

頭に強い衝撃を覚え、視界が明滅したところで肩や腕、足に僅かな痛みを感じる。

齧られているのだ、大量に。

「くっ……よくも……」

ならば、一掃するまで。

『風よ、周囲を、切り裂け！』

ヒュヒュヒュヒュヒュッ――……

青紫の霧が見えない風刃へと変化し、俺に噛みついたスモールウルフの身体を次々と切り裂くことで、視界が赤く染まっていく。

『【突進】Ｌｖ４を取得しました』

目の前で腹に剣を刺されたオークも無数の傷を負っているが、俺がしゃがんでいたためかその攻撃は上半身に届いていない。

だが痛みのせいだろう。

苦悶の表情を浮かべた顔が、徐々に下がってきていた。

ならば——。

横たわって動かないオークの首に刺さったままのナイフを抜き、すぐさま下がってきた最後のオークの喉元に下から深く突き入れる。

「ゴ、ガ……ァ……」

ここまでやれば、コイツも死亡だ。

「ふっ……ふっ……はぁ……やっと、落ち着いたか……」

辺りに横たわる、20匹近くはありそうな魔物の死体。

これほどの連続戦闘は経験になく、スキル取得のアナウンスが視界の下部を流れるも、悠長に眺めている余裕はまるでなかった。

そして少し落ち着いた今でも、まだのんびりステータス画面を眺めている時間はない。

そう時間もかからず、彼らは素材を求めて森の中へ突入してくる。

「は、ははっ……さすがに、手付かずだった川付近は、ヤバいな……魔力の使用を、抑えないと……」

息も絶え絶えにそう呟きながら、気配が残っているリグスパイダーの下へと向かう。

魔物のいない空白地帯は、まだ暫くできそうもない。

▽
▼
▽
▼
▽

「そろそろ1時間か？」

これを聞くのはもう三度目だ。

聞き飽きたのか、誰も「まだだ」なんて言葉すら返してくれない。

ロキが狩っている間はただ待つだけ。

この時間がこんなにも長いとは思わなかった。

だからこそ、いろいろと余計なことを考えてしまう。

——水辺には魔物が集まる。

昔からよく言われていることだ。

その情報を利用して、パルメラ大森林なら好んで水辺に行くやつもいた。

だがルルブの森で、わざわざ水辺を狙うなんて酔狂な考えを持ったやつは周りにも、そして親父の世代にもいなかっただろう。

ただでさえオークに囲まれれば死がチラつくんだ。

マーズ以外この場所を知らなかったのも当然と言える。

そんな中に1人で、か……

ギルド内で持ち帰った素材量の記録を作っていることは知っている。

特に若いやつらの妬みも混じった声はよく耳にしていた。

だが、実際に戦っている光景をまともに見たやつはこの中に誰もいない。

俺だってほんの少し、綺麗に攻撃を躱して斬りつけている姿が見えただけだ。

まだ明らかに子供だと分かる少年——。

一度見殺しにしてしまったというのに、そんな子を1人で突入させて本当に良かったのか……

「お天道さんが真上だ。そろそろ待ちに待った1時間だろうぜ」

ミズルにそう言われ、それぞれが腰を上げて立ち上がる。

あくまで俺は臨時のリーダー。

本来のパーティリーダーであるミズルの方が指示にも納得しやすいだろう。

だがやるべきことはやらせてもらう。

誰かを死なせたくないし、俺もまだ死にたくはないからな。

「それじゃ行くか。予定通り、まず籠を背負うのは俺とミズルとエンツ。後衛組は魔力が少なくなったら籠担当に切り替えてくれ。上手く埋まれば一度戻って籠の入れ替えだ」

この1時間、手持無沙汰ということもあっていろいろな取り決めをした。

ロキを信用していないわけじゃないが、道中魔物がどれだけ残っているかも分からない状況だ。

それならと、6つある籠のうち3つをここへ置いていくことにした。

誰も来ない場所なんだ。

籠を置きっぱなしにしたところで何も問題はないだろう。

それに籠がない分3人が自由に動けると思えば、この方が利点も多いという結論になった。

最初は元から荷運び担当だったエンツを主軸に近接組が籠を。

魔力が怪しくなってきたら後衛に籠を引き継ぎ、近接組がメインの護衛になる。

今日が初日だ。

とりあえずはこれで様子を見る。

「さてさて、森の中はどうなってやがるかな？」

「リーダー、油断はしないでくださいよ？　魔物が溢れ返っているかもしれないんですから」

「相変わらず悪い方に物事を考える野郎だぜ。マーズ、夢を見た方が楽しいぞ？」

「その夢を見て死ぬハンターが多いのも知っているでしょう？」

「まぁな……まっ、こいつが悪夢だと分かりゃあ、とっととトンズラだ」

「そうなるとあの坊主は助からないか……」

「それはしょうがない。ロキ自ら提案したこと。ハンターなら死は常に覚悟している」

「でも魔物どころか、その死体すらないわよね？」

「さすがにまだ森の入口だからじゃねーか？」

確かに何も見当たらないただの森という感じだが、それは入口から近過ぎるせいだろう。

川沿いを奥へ進むか、それとも川沿いを離れ、森の中へ入るか……

ただ目印になり、何かあった時に逃げやすいのは、方向がすぐに確定できる川沿いだろうな。

――ならば。

「そうだな、とりあえずもう少し進んでみよう。それで何も発見できなければ、川から一旦離れて森の内部へ入るぞ」

「あー……その必要はねーかもしれねぇ。血の臭いがしてきた」

「む？　そうか？」

「リーダーは相変わらず鼻が良いですね」

ミズルは咄嗟に指先を舐めると、その場で風向きを確認する。

「間違いねーな。このまま真っ直ぐだ。血の臭いはそっちからってな」

「ロキの血じゃなきゃいいんだが」

「おいおいアルバよ、縁起でもねーこと言うんじゃねーよ。ロキが死んじまったら俺達稼げねーだろうが」

「その考え方もどうなのよ……って、あれ、何？……山？」

「あん？……あー……こりゃ、予想以上にやべぇな……」

……ミズルが驚くのも無理はない。

最初は俺も、なぜこんなところに不自然な土盛りが？　と思った。

だがその小山に近づいていくと、その周囲には7～8匹ほどの魔物の死体が転がっている。

「全てスモールウルフか……こんな数がまとめて襲ってくるなんて有り得るのか？」

「普通は精々4～5匹ってとこよね。水場の近くだとこんな数になるのかしら」

「魔物の気配はなさそうだが――ザルサ！　一応先行してあの土盛りの裏側を見てきてくれや！」

「分かった」

「よし！　数が多いからザルサとマーズの２名がとりあえず護衛についてくれ。残りの者は解体に入ろう」

そう言って各々が準備に入った時、待ったを掛ける声が聞こえてくる。

「ちょ、ちょっと待ってくれ！」

「なんだ！　魔物か!?」

「ち、違う……違うんだが……」

「あんだよ、ザルサらしくねーな……ロキの死体でもあったの、か……」

ザルサの異変に気付いて近寄ったミズルまで言葉を失っている。

まさか――

「ロ、ロキが死んでいるのか!?」

「くはっ……ふはははっ！　こいつは大当たりかもしれねぇ……やべぇやつを引き当てたぞ俺達は！」

「な、何を言ってるんだ？」

そう言いつつ近寄った小山の裏には、先ほどの数以上にいそうなスモールウルフ達の死体。

加えてオークの死体まで３匹も転がっていた。

『火よ、飛べ』

ぶら下がる糸を溶かされたリグスパイダーが落ちてくるも、その身体を地面に触れさせることなく真っ二つにする。

「分かってんだよ！」

そのまま背後に向かって剣を横薙ぎに振るい、背中を狙う1匹のスモールウルフを斬り付けながら、逆手に持ったナイフでもう1匹のスモールウルフを首から突き刺した。

『穴を、形成！』

それでも、まだ終わらない。

スモールウルフの後ろから俺を狙っていたオークの足元に小型の穴を形成。

転ばしている間に残りのスモールウルフ3匹を多少のダメージも気にせず滅多斬りにし、終わればすぐに立ち上がろうとするオークの首に剣を突き入れて、残り1匹となるオークと対峙する。

ようやく慣れてきたんだ。

1匹だけなら魔力は節約。

振り下ろされたこん棒を躱し、オークの足元へ剣を突き刺せば勝手に顔が下がるので、左手のナイフを喉の奥に差し込む。

血を噴出させながら横たわって痙攣するオークに、念のためショートソードで再度首を深く刺せば、その動きは止まって静かな森へと戻っていった。

周囲を見渡してもオークの姿はなし。

【気配察知】でも周囲15m内に魔物の気配はなし。

（スモールウルフを【探査】……なし、リグスパイダーを【探査】……2匹……次はこいつらか）

敵の位置情報と周囲を確認後、次の標的へ向かおうとしたその時。

ピ————ッ………

森の中では聞きなれない音が。

すぐにミズルさんと打ち合わせをしていた指笛の合図と分かるも、自然と緊張が走る。

まだ狩り始めてから2時間も経っていないだろう。

魔物の空白地帯だってそこまで出来上がっていない。

2度目が鳴るかどうか——

だが、そんな心配は杞憂に終わり、鳴らされたのが1度だけだったことに安堵する。

「ふぅ～一旦戻って休憩するか……」

念のため革袋からゴソゴソと腕時計を取り出し方位を確認。

既に作った空白地帯を通りながら南方面へ進んでいけば、おおよそ100mほどで外の草原が見えてきた。

「んがー！　疲れたー！」

ずっと気を張りつめていた分、安全地帯に出た時の安心感は凄まじい。

肩や腰をコキコキ回しながら周囲を見渡すと、自分が川から300mくらい離れた位置で森を抜け出したことが分かる。

「おーい！　ロキー！」

「こっちだー！」

手を振るみんなの数は——うん、大丈夫だな。

全員生きているし、手を振っている時点で致命傷を受けたということもなさそうだ。

「皆さん怪我とかなかったですか？」

「おう！　誰も怪我してねーっていうか、魔物との戦闘なんて一度もなかった。が……お前は大丈夫なのかよ……？」

「え？」

ミズルさんの問い掛けに首を捻る。

なぜか近づくほど皆さん引き攣った顔をしているし、唯一の女性であるロイズさんなんかは俺を見て後退っていた。

「元気そうではあるが、血だらけだぞ？　どこか怪我をしているんじゃないのか……？」

アルバさんにそう言われ、改めて自分の身体を見てみると、腕も足も革鎧も、物凄い量の血が付着し赤黒く染まっている。

「あぁ……これは返り血ですね。常に乱戦で気にしている余裕もなかったもので」

「「「……」」」

「ははは っ……と、とりあえず川で洗ってきまーす！」

男に多少引かれるくらいであれば気にしないが、20代と思われるロイズさんに後退られると、俺の心に少しだけグサッと来る。

俺は素材確認の前に、まずは全身洗い流すことを優先した。

▽　▼　▽　▼　▽

真夏とも言える気候で良かった。

見事にずぶ濡れだが、この日差しと気温ならすぐに服や髪も乾くだろう。

あーやっぱり川の水を頭から被るとか最高だ。

革鎧を一旦脱いだ俺は、再度皆さんと合流。

遠目に見ても、それぞれの籠が素材でパンパンに埋まっていることが確認できる。

「籠がちゃんと埋まったようで何よりですね」

「あぁ……これをロキが1人で倒したというのが未だに信じられん」

「俺は今日から坊主をロキ殿と呼ぶことにしようと思う！」

「いやいや、意味が分かりませんから」

「ぶっちゃけ1人15万はねーだろって思ったんだぜ？　だがこりゃ、たぶん15万を超えるかもしれねぇ。感謝どころじゃねーよ」

「そうね。いくらになるか想像できないから楽しみでしょうがないわ！」

ふーむ……

正直、俺も籠の中身を見たっていくらになるかは分からないが。

でも、あれ?って思うこともある。

「あの、スモールウルフの皮を剝いだんですか?」

「そりゃそうだろ。こいつも売れるからな」

「それは知っていますが……」

他の人達の籠も隙間から覗(のぞ)くと、後衛職のマーズさんとロイズさんの籠はスモールウルフの皮が大量。

前衛職のアルバさん、ミズルさん、ザルサさんの籠はオークの肉とスモールウルフの皮が半々くらい。

元から荷物持ち担当だった一番ガタイの良いエンツさんは、比較的オーク肉が多めという具合か。

ただ肉も厳選しているというより、とりあえず取れるものを取って詰め込んだという感じだな。

「ちなみにどの辺りで素材回収しました?」

「川沿いを１００ｍくらい中に入ったところだな。オーク３匹と大量のスモールウルフが転がっていたから、そこで作業して放り込んだぞ」

「なるほど。そこ以外では?」

「え?」

「ん?」

「まさか、あそこだけで籠を埋めて終わらしちゃったんですか?」

「ど、どういうことだ……？」

ええー……

これはやっちゃったパターンだな。

まぁ無理をして移動範囲を広げれば、それだけリスクが増すとも言える。

基本自衛は自己責任なんだから無理強いはしないけど、彼らは『大金』という目的があってここに来ているんだ。

だったら情報だけはちゃんと伝えておこう。

その上で判断は彼らに任せれば良い。

「単純な話で、素材の厳選はされても良いんじゃないですか？　オーク肉が一番高く売れるって話ですし」

「そりゃ分かっちゃいるが……他にもそんなにオークが転がっているのか？」

「正確な数は分からないですけど、少なくともオークだけで20匹くらいは倒したと思いますよ？」

「「「は？」」」

「皆さんが素材回収したのは僕が最初に魔物と当たった場所です。そこから周囲50ｍくらいですかね？　そこら辺の魔物を殲滅しながら、さっき出てきた辺りまで移動していたんですよ」

「あー……どういうことだ？」

「リーダー……つまりロキ君が言っているのは、僕らが素材回収をした場所から東に向かえば、スモールウルフとかリグスパイダーに交じってオークも転がっているってことですよね？」

「そういうことです。皆さんの籠は大サイズが5つに僕の特大籠が1つ。容量的にはオークで一番高く売れる背中の部位だけを厳選しても、大サイズの籠で4～5匹分は入るはずなんですよ。特大籠ならもっとですね。なので今皆さんが持ってきた大サイズの籠5つは、ほぼ全てオークの特上部位で埋まるはずなんです。あとは特大籠に小さいけどお金になる魔石を入れながら、余ったスペースに他の素材なんかを詰めていけば……」

「い、いけば……？」

「肉の素材が『B』ランクで6万くらいでしたから、オークの肉だけで120万ビーケほど。それに魔石や他の素材、討伐部位も入るとなると150万ビーケは超えるんじゃないですか？」

「「「……（ゴクリ）……」」」

「ただ移動が増えればその分リスクも増しますし、皮より肉の方が重さもあるでしょう。皆さんは『大金』が欲しくてここに来たと思いますから、一応お伝えはしておきましたけど、どうするかは皆さんにお任せしますよ」

「僕はよほどロキ君の方がリーダーの素質があると思うのですが？」

「あー……まったく否定できないところがつらい」

「ロキ君……彼女いたりする？」

「俺はこれからロキ殿ではなくロキ神と呼ぼうと思う」

「神」

やっぱり計算に疎いんだろうな。

皆、目を輝かせながら好き放題言っているが、ただ勘違いされては困るのでちゃんと釘は刺しておこう。

「ただそこからの3割ですからね？　なので、仮に150万ビーケが総額だったとしても、105万ビーケほどが皆さんの報酬。そこから6等分なんで、1人17万とか18万ビーケくらいってところですね。そして僕は皆さんが運んで換金してくれるので、45万ビーケほどが収入ということになります。ね？　お互い得な関係でしょう？」

「俺達は戦闘すらしていないんだぞ？　それでこんな報酬……これは夢か？」

「夢を見て追いかけるってのは良いよなぁ！　分かるかマーズ！」

「ええ。やはりハンターは夢を追いかけてなんぼですよね。僕が間違ってましたよ！」

やっぱり彼らはこの世界の住人だ。

リスクなんてさほど考えず、得とあらばすぐに動く気概を持っている。

ならば何も言うことはない――いや、浮かれて死なれると困るし、もっと安全マージンを取りつつ収益も確保できるように動いてもらった方がいいか。

その方が俺も安心して狩りに専念できるしな。

「ちなみに、この結果までがおおよそ2時間ほどです。つまりこの程度の時間で皆さんの籠は換金効率を重視してもある程度埋まることになります。そして、僕は日が出ているうちは丸1日狩るつもりですから――どういうことか分かりますか？」

「あー……分からん」

「2往復……まさかの2往復か!?」

「それ、暗くなっても動く必要があるんじゃないか……？」

「ここまでの移動時間を考えれば相当キツいでしょうけど、されたいなら2往復しても良いと思いますよ。ただ個人的には、もっと人を集められたら良いんじゃないかなーと」

「人？　ハンターをってことか？」

「そういうことです。ルルブで狩りをされているパーティは他にもあるのでしょう？　その方々を誘ってみたらどうですか？　より団体行動になれば、不測の事態にも対処しやすくなると思うんですけど」

「確かにな。仮に3パーティ合同、15人くらいのハンターが集まったとなりゃ、オーク数匹に囲まれようが数で押し潰せる」

「現実問題として、森の手前――大体100mくらいから魔物の密度が急激に増えています。ただ狩り続ければその密度は自ずと減りますから、今後皆さんも森の奥へ入る必要が出てくるわけです」

「ふむ……その時に今の6人だと、万が一があった時に対応できない可能性も出てくるか」

「ロキ君が言っていることは十分理解できますね。人が増えたところで僕達の報酬は変わらず、より安全を得ることができる。ならば率先して取るべき選択でしょう」

「んだな。知り合いに声掛けてみっか……この素材量を見せりゃ一発だろ」

「全員涎垂らしてついてくることは間違いない」

よし、大丈夫だ。

まず一段階目は、彼らの反応を見ている限り問題なさそうだな。

となると、次。

二段階目にまで興味を示すかどうか。

「あとは『効率』もさらに重視したって良いと思いますよ。今のやり方を取ると、上質な肉を優先するために他の肉やスモールウルフの皮を多く捨てることになる。これは分かりますよね?」

「んだな。でもそうするのが正解なんだろ?」

「ああ、無駄にしようとしなかった結果が『今』だからな」

「ですね。ルルブの森で活動できるEランクハンターの皆さんが行えば無駄になります。では活動不可能なFランク以下のハンターや、そもそもハンターではない人達が参加したらどうなるでしょう?」

「え?」

「どうなるんだ?」

「俺に聞くな」

皆さん首を傾げているが。

「あっ」

1人、何かに気付き、声を漏らす。

やっぱりマーズさんか。

「そうか……今いるここは『安全地帯』だ。ここまでなら、小さい頃の僕だって来られたんですから、来ようと思えば誰だって来ることができる。だから僕達がここまで――ルブの外まで素材を運びさえすれば、後は他の人達に任せることもできるのか」

「言われてみれば……そうね。ここに来るまで魔物なんてまったく出てこなかった」

「ベザートを西に移動して、川に当たったら北上するだけでここに着くのだから、確かに迷う要素もないな」

「お前どうしたんだよ、マーズ!?」

「どうもしないですし、リーダーがどうにかなってくださいよ！」

なんか騒がしくなってきたな……

まぁ皆さんが想像できてきたのならそれでいいか。

その方がこちらも説明しやすい。

「正解です。ここまでなら強さに関係なく誰でも来られる。なら皆さんが内部で解体なんかしなくても、この安全地帯で解体してくれる人達を皆さんが雇い、手伝ってもらえばいいわけですよね？」

「雇う……俺達が、か」

「でも、解体ならできる人は多くいますよ。うちの祖父(じい)さんだって皮剝ぎくらいできますから」

「どうせ皆さんが拾わなければそのまま森に捨てられる素材です。なら損にならない範囲で誰かを雇えば、僕も、皆さんも、雇われる人も収入に繋(つな)がるでしょう？　マーズさんが言うように、ちゃんとギルドに卸してさえくれれば、身内の方にお願いしたって僕は一向に構いませんし、1人2万ビーケだとしても、スモールウルフを5匹解体してもらえればペイ。それでもハンターギルドの依頼を見る限り、相当高額な部類になるんじゃないですか？」

「あー……命の危険がない仕事で日当2万なら相当良いだろ」

「僕達が質の良い肉だけを回収しても、籠は2時間程度で埋まって時間は多く余る……それなら他も回収してお金に換えた方が良いし、なんなら僕達の回収した肉も誰かに運んでもらった方が動きやすいですよね。肉の質だって落とさなくて済むわけですから」

「ふむ……となると、問題は解体できる人間と、あとは町まで運ぶ連中も必要になるのか」

アルバさんの言葉に深く頷く。

「ですね。ここまでの道は道中確認してましたけど、下草が生えている程度で台車や荷車を動かすくらいは十分な硬さがありました。一度町まで運んでから解体に入るのは明らかに非効率的ですから、森の内部で自衛しつつ素材を次々と回収してくる『回収班』と、ここで解体をある程度済ませられる『解体班』、そして素材をベザートまで運ぶ『運搬班』の3班が揃えられれば、最大効率で素材がお金に変わり、皆さんの懐が潤うことになります」

「道まで確認してたのか……ロキ神が神過ぎるんだが」

「ロキ君……本当に彼女いたりする？」

「どれほどの収入になるのか、もはや想像もつかない」

ザルサさんの言葉はその通りで、ここまで話を大きくすると俺も想像はできていない。

だが決して損になるわけじゃないのだ。

回収班
運搬班
解体班

可能性として、今後ギルドがパンクする恐れはある。

特に放っておけば腐る肉は。

だがそれならそれで、限界まで動いてからどうするのか決めればいいだけの話。

初めから森の素材を垂れ流すよりは遥かにマシだ。

あとは実際に動いてみることで、どれくらいの人員が必要なのかも見えてくるだろう。

「誰が解体できて、誰が荷車などで素材を町に運べるのか。この辺りは皆さんでないと分かりませんし、ギルドへの換金方法も人が増えれば複雑になるので、どうするかもう少し詰めた話はしないといけません。けれど無駄なく効率を考えるならこれが最大になるでしょうから、もし『大金』を稼がれたいなら、今の流れを参考にしてもらいつつ声掛けしてみてください」

「おうよ、任せとけ！」

「この段階でもある程度の人数は集めて良さそうですけど、まずは『回収班』を確定させないといけませんね」

「だな。当てはあるんだ。戻り次第すぐに動くとしよう」

想像以上に話が大きくなってきた、ルルブの輸送システム。

ついつい風呂敷を大きく広げ過ぎてしまったが、皆が生き生きとした表情で普段やらないような大仕事をこなそうとしているのだ。

だったら俺は、皆の期待に応えるだけ。

最も得意とする分野で、素材の回収が追い付かないほど目に付く魔物を狩り尽くしていけばいい。

あくまで、諸々の経験値が十分満たせるまでの、期間限定ではあるが。

「それでは皆さん、よろしくお願いしますね」

「「「おうよ！」」」

この言葉に、目の前の6人は期待に満ちた表情で答えてくれた。

第0話　女神

街道沿いにある、とある小さな村。

その裏手には湖と広場があり、この村に住む子供達の遊び場になっていた。

「ちょっと！　また苛めてるんでしょ！」

「ぎゃーアリシアが来たぞ！」

「正義マンだ！　逃げろー！」

「やーいやーい！　悔しかったら捕まえてみろーっ！」

年の頃は10～12歳くらい。

やや年上の男の子達3人が、駆け寄ってくるアリシアの顔を見て逃げていく。

しかしその3人の顔は、揃って喜色を浮かべていた。

好きな子にちょっかいを掛ける子供らしい姿だが、その男の子達も、そしてアリシアもそのことには気付いていない。

「エンリ、大丈夫!?」

「せっかくどんぐりいっぱい集めたのに……ふぇ……ふぇ～ん！」

「ツタン、リンプル、ナーム！　待ちなさーい！」

「「来たー！」」

苛められた弟を助ける姉。

そんな特別珍しいわけではない光景を、広場の端で眺める大人が3名。

しかしその表情は、ただ子供を見守るソレとはまったく異なっていた。

「本当に我が娘を領主様のご子息が……？」

「あぁ。しかも長兄のウェンズ様だから家督を継がれる。将来は順当にいけば子爵様だぞ？」

「あなた、こんな良縁二度とないわよ……？」

そう問いかけられた男は、その日もいつものように湖で漁をしていた。

そして釣り上げた魚を手に村へ戻ると、その村が大騒ぎになっていたのだ。

たまたま街道を通りかかったウェンズが、偶然アリシアを視界に入れ、そして見初めた。

そんな話を耳に挟みながら家へ帰れば、妻の様子からただの噂ではないことを父セジウスは察する。

ウェンズは子供のアリシアではなく、横に立つ隣人に両親の所在を聞き出し、そして家にいた妻に話を通そうとしたらしい。

「色女としてではないのだな？」

「違うわ、正式に側室として迎え入れたいって……」

「既にウェンズ様は3人の妻を娶ってらっしゃるはずだろう？」

「それでもだ。こんな辺鄙な田舎の村に収まるよりは遥かにマシじゃないのか？　何よりお前達とこの村が、次期領主様と強い繋がりを持てる」

妻と友人の言葉を父セジウスは頭で理解しながら、それでも納得しきれなかった。

どうしてこのような子が生まれたのか……

我が子アリシアは、娘という贔屓目で見なくても正しく天使だった。

それこそ奇跡の産物としか言いようがなく、世の中にこんな可愛い子がいるのかと、周囲からもそんな誉め言葉しか出ないほど容姿に恵まれていた。

そのおかげでこのような話が舞い込んできたのであれば、本来は有難いことだと分かっている。

子爵夫人の親ともなれば、日々を生活していくだけで精一杯の現状から抜け出せる可能性だってあるのだ。

しかし娘のことを思えば、4人目の妻として、平民から側室に迎え入れられることは果たして幸せなのかと。

想像もできない世界だからこそ、ついつい深く考え込んでしまう。

（アリシア……）

娘を見たくて、セジウスは何気なく視線を広場に向けた。

が、肝心の娘は見当たらない。

先ほどまで賑やかだった村の男の子達も、素っ頓狂な顔をして娘を捜している様子だった。

「おーい、アリシ――――ぃイいぃィいイイいイィいあぁあアァあぁぁァア……」

「お、お父さん！　お母さんっ!!　エンリーッ!!」

突如として。

視界が――いや、世界が大きく歪(ゆが)みながら黒く塗り潰されていく様を、当時10歳だったアリシアはなぜか空から見下ろしていた。

色付くモノ全てが黒い点に呑(の)み込まれていく異様な光景はあまりに恐ろしく、自然と泣き叫べば同様の声が周りからも聞こえてくる。

咄嗟(とっさ)に周囲を見回すと、同じように泣き叫んでいる子供が5人。

そしてその横には性別すら分からない、不思議な髪型をした者が2人立っていた。

▽　▼　▽　▼　▽

「また見ていらっしゃるんですか」

「あぁギレか、凄(すご)くね、面白いんだよ」

世界を創造する。

本来であれば万物の頂点に立つ創造神と、その直下である一部の上位神だけに許された行為が、『地球』という小世界に住まうただの生物によって覆される。

その事実に悪い意味で多くの神が注目する中、『地球』の創造主である上位神『フェルザ』は、目を見張る速度で人間が生み出し続けるそれらの創造世界を注視していた。

想像から創造への飛躍。

神の真似事(まねごと)だと嘲笑(あざわら)う者もいたが、フェルザはそのように考えていない。

最初は純粋な興味。

ただそれだけで人間が生み出す独創的、かつ多様性のある様々な世界を眺め続ける。

永劫(えいごう)の時を生きるフェルザにとっては一種の娯楽ともいえ、これらは自身に与えられた『枠』の中で世界を創造するのとは違う楽しみを与えてくれた。

が――、人間が生み出す数多(あまた)の創造が徐々に具体性を持ち、いくつかの枝に分かれながらも一定の方向性へ収束し始めた頃から、フェルザの意識は徐々に変化していく。

〝果たして、人間が生み出すこの面白そうな創造世界は、本当に機能するのだろうか〟

素朴な疑問ではあったが、試すだけの力がフェルザにはあった。

「また創造神様から新しい『枠』をいただくのですか?」

「うん。実験をしたいだけだから小さくてもいいし」

「さすが地球の創造主様は扱いが違いますね。他の方々は碌(ろく)に消すこともなく、ただ新しい世界を生み出し続ける生物のせいで『枠』を貰(もら)えないと嘆いておいでですよ? 随分と圧迫しているようですから」

「そう。それは残念な話だね」

――こうして、通常の世界とは異なり、いくつかの枷(かせ)を設けた特殊な試験用世界が創造された。

フェルザは人間が生み出した創造世界を大いに習った。

ゲームと称し、作り上げた創造世界の中でルールを敷いて楽しむ。

ならば僕も人間が望む創造世界を実際に創れるのか、ルールを定めてゲームとやらをしてみよう。

この世界に敷かれた枷は自らを縛るためのモノだった。

まずは生命活動が安定している地球と取り巻く環境を同一にし、その世界に数多の『人間』を生み出していく。

そして糧となり試練となるよう魔物を生み出したら、ひとまずは時間を加速させてじっくりと観測する。

当然、上手くはいかない。

人間があっという間に死滅してしまう。

なのでフェルザは人間に戦う術と環境を与えた。

それが魔素や精霊といった、世界を構築する要素と共通のスキルだった。

人間が望む世界を、より忠実に、より現実に落とし込む。

その後も加速と観測を繰り返し――脆弱な人間に辟易としながらも調整を重ねていく。

職業という要素を追加し、魔物の生息域を狭めながらも独自性のあるスキルや特性を与え、人間に種族を展開させて幅を持たせつつ、時には過剰と判断したスキルを世界から削り――

これらの細かい作業をフェルザは思いのほか楽しんでいた。

〝均衡の取れた世界を〟

本来であればこの一言である程度の調整は済む話だが、それでは〝ゲーム〟としてあまりにもつまらない。

人間が楽しそうに、しかし悩みながら世界を創り出すその過程が、フェルザの思考にも少なからず影響を与えていた。

何をどうすれば面白い世界が生まれるのか。

頭を捻(ひね)りながら悪戦苦闘するその姿を、横に立つ上位神『ギレ』は、不思議そうにただ眺めていた。

「これが地球の生物、人間が好む世界ですか」

「みたいだね」

「人間にとって超常とも言える現象を簡易的に具現化する世界……これは神への憧れでしょうか？」

「ギレ、憧れくらいなら許されるものだよ」

そう、憧れるくらいならば――

ようやく世界が安定し始めた頃、感触を摑(つか)んだフェルザは世界から1人の人間を拾い上げ、世界の管理者とすべく神人にした。

そしてその神人に、フェルザは『愛の女神』と名付け、役割を与える。

「君の仕事はこの世界の人間が魔物を倒し、『世界への貢献』が一定水準を超えれば、引き換えに望むスキルのレベルを引き上げてあげることだ。人間に任せるとどうも上手くいかないようだからね」

当初は個人個人が自由にスキルレベルを上げられるようにした。

それが人間の目指す世界のようであったから。

しかし、観測しているとこれがどうにも上手くいかない。

確かに世界の発展は目覚ましいが、その分、荒廃も凄まじい速さで訪れる。

つまるところ、世界が望むその先へと伸びる気配がまるでなかったのだ。

得られた力に振り回され、自制を失い、果てなき欲に溺れて周囲を巻き込みながら潰れていく様を、フェルザは幾度となく調整を行う中で見続けた。

「心が追いついていませんね。まるで自滅を目的に歩む生物のようです」

「人間が素体だからね。凄く難しいよ」

「他に代用は利かないのですか?」

「人間が生み出し、望んだ世界なんだ。ならば元は人間でなければ意味がない」

時間を掛ければこの現状を打破する術はあっただろう。

しかしフェルザは、ここで一度調整を止めた。

気になったのは驕り――神を頼り、縋り、信仰する動きがこの世界の人間には見られなかった。

まるで一人一人が神のように自己を理解し、世界を理解しているように振舞う様がどうにも好きになれず、原因はこれかと。

ステータスという要素を世界から隠した。

フェルザにとっては初めての妥協であった。

それでも緩やかに、以前よりは成長を遂げていく世界。

ようやく壁を越え、次の段階に入ったと理解したフェルザは、その度合いに合わせて任せられる管理者を追加していく。

「以前よりは安定しているようですが、代わりに文明の後退期間が長いように思えますね」

「不思議とさ、人間が望む世界もこのくらいの文明水準であることが多いんだ」

「今ある文明よりも劣った世界を望むとは……不思議な生物ですね」

「本当にね」

飛躍的に増加、枝分かれしていく種族管理のために第二の神人――生命の女神が。

増えた人種の食糧生産を補助させるために第三の神人――豊穣(ほうじょう)の女神が。

文明の発展に伴い、物々交換から物品貨幣の動きを見せ始めた頃に第四の神人――商売の女神が。

魔物だけでなく、人種同士の争いが頻繁に生じ始めた頃には第五の神人――戦の女神が。

人種が強い力を持ち、歯止めが利かなくなった時のための抑止力として第六の神人――罪の女神が。

徐々に試験用世界を管理する神人を増やしながら、幾度となく世界の加速を繰り返し、人間が望む世界を反映させるように作り上げていく。

そしてもうこれ以上の大きな補助は必要ないだろうというタイミングで、フェルザは地上から厳選した6人の子供を拾い上げ、そして世界を再構築(リセット)した。

「おや？　せっかく作られたのに、消してしまうのですか？」

「うん。いろいろ試したせいで、世界の消耗が激し過ぎたからね」

「そうでしたか」

「これでようやく始められる」

幾度と繰り返した実験と調整により、一定の水準まで軌道に乗せる流れは摑めていた。

地球の文明を大きく超える予兆も見せている。

ならば僕の役目はここまで。

全てを自分でやってしまってはつまらないし、何より他にも枝分かれしたいくつかの創造世界を試していかなければならない。

あとの多くは管理者に任せ、そろそろこの世界を観測する側に回らせてもらおう。

そう判断したフェルザは眠っている子供達の身体(からだ)を成長させながら、もう何度目になるかも分からない命令を下す。

「さて、君達はこれから新しい『女神』として世界を管理してもらうことになる。必要な知識と技能は植え付けておくから、上手く世界を導いておくれ」

「「「……」」」

「知性の高い者を選ばれた方が、円滑に進むと思われますが？」

「本来ならね。でも人間はなぜか、絶対的に優れた容姿の清らかな女神を世界の頂点に据えたがるんだ。神に性別なんて存在しないのに不思議だよ」

「それも神への憧れなのでしょう」

「あぁそうだ。名は――、人だった頃の名をそのまま使えばいいよ。君達の事を知る者はもう誰もいない」

　こうして一定まではあらかじめ想定された世界が回り始め、フェルザは次の世界を実験と称して構築していく。

「次は……『悪役令嬢』と『追放されて……もう遅い』？　人間の考えることは突拍子もなくて面白いね、本当に」

ロキの手帳①

名前：ロキ（間宮悠人）　レベル：11　スキルポイント残『41』　魔力量：140／140（72＋18＋装備付与50）
筋力：56（39＋17）　知力：51（40＋11）　防御力：150（38＋112）　魔法防御力：47（38＋9）
敏捷：61（38＋23）　技術：49（37＋12）　幸運：49（43＋6）
加護：無し
称号：無し
取得スキル：【剣術】Lv2　【短剣術】Lv1　【棒術】Lv3　【挑発】Lv1　【狂乱】Lv1　【火魔法】Lv2　【土魔法】Lv3　【風魔法】Lv4　【狩猟】Lv2　【解体】Lv2　【採取】Lv1　【異言語理解】Lv3　【視野拡大】Lv1　【遠視】Lv1　【夜目】Lv2　【気配察知】Lv3　【探査】Lv1　【算術】Lv1　【暗記】Lv1　【俊足】Lv1　【毒耐性】Lv7　【魔力最大量増加】Lv1　【魔力自動回復量増加】Lv1　【神託】Lv1　【神通】Lv2
【突進】Lv4　【噛みつき】Lv3　【粘糸】Lv2

◆戦闘・戦術系統スキル

【剣術】Ｌｖ２　剣形状の武器を所持している限り、攻撃動作、防御動作にプラス補正が入る（魔力消費０）　任意で１秒間、特定所作に能力値１６０％の限定強化を行う　魔力消費７　筋力補正

【短剣術】Ｌｖ１　短剣形状の武器を所持している限り、攻撃動作、防御動作にプラス補正が入る（魔力消費０）　任意で１秒間、特定所作に能力値１３０％の限定強化を行う　魔力消費５　筋力補正

【棒術】Ｌｖ３　棒形状の武器を所持している限り、攻撃動作、防御動作にプラス補正が入る（魔力消費０）　任意で１秒間、特定所作に能力値１９０％の限定強化を行う　魔力消費９　筋力補正

【挑発】Ｌｖ１　怒りの感情を発芽させ、注意を己に向けやすくする　発動範囲10ｍ以内　対象を中心とした半径２ｍ以内の生物に発動　魔力消費５　防御力補正

【狂乱】Ｌｖ１　使用後は全ての通常攻撃動作に能力値１２０％の限定補正を行う　ただし制限時間が経過するまで、周囲の生物に対する通常攻撃動作以外を行うことができなくなる　使用制限時間１分　魔力消費０　筋力補正

◆魔法系統スキル

【火魔法】Ｌｖ２　魔力消費20未満の火魔法を発動することが可能　知力補正

【土魔法】Ｌｖ３　魔力消費30未満の土魔法を発動することが可能　魔法防御力補正

【風魔法】Ｌｖ４　魔力消費40未満の風魔法を発動することが可能　敏捷補正

◆ジョブ系統スキル
【狩猟】Ｌｖ２　狩猟技能が向上し、獲物を僅かに発見しやすくなる　常時発動型　魔力消費０　技術補正
【解体】Ｌｖ２　解体技能が向上し、より素早く正確に解体を行うことができる　常時発動型　魔力消費０　技術補正
【採取】Ｌｖ１　採取技能が向上し、採取物を僅かに発見しやすくなる　常時発動型　魔力消費０　幸運補正

◆生活系統スキル
【異言語理解】Ｌｖ３　人族が扱う言語であれば、知識がなくても11歳児程度の理解度で会話をすることができる　常時発動型　消費魔力０　知力補正
【視野拡大】Ｌｖ１　上下左右の視野が僅かに広がる　常時発動型　魔力消費０　幸運補正
【遠視】Ｌｖ１　僅かに遠くを見通せるようになる　常時発動型　魔力消費０　幸運補正
【夜目】Ｌｖ２　暗闇の中でも僅かに視界を確保できる　魔力消費０　幸運補正

【気配察知】Ｌｖ３　使用者の周囲で動く存在に対して反応が敏感になる　範囲半径15ｍ　魔力消費０　技術補正
【探査】Ｌｖ１　範囲内に特定の対象物が存在するかを探索する　範囲半径30ｍ　魔力消費０　幸運補正
【算術】Ｌｖ１　算術能力が僅かに向上する　常時発動型　魔力消費０　知力補正
【暗記】Ｌｖ１　暗記能力が僅かに向上する　常時発動型　魔力消費０　知力補正
【俊足】Ｌｖ１　走る動作に補正がかかり、移動が僅かに速くなる　常時発動型　魔力消費０　敏捷補正

◆純パッシブ系統スキル
【毒耐性】Ｌｖ７　毒への耐性が増加する　常時発動型　魔力消費０　防御力補正
【魔力最大量増加】Ｌｖ１　魔力最大量を10増加させる　常時発動型　魔力消費０　魔力補正
【魔力自動回復量増加】Ｌｖ１　魔力自動回復量を５％増加させる　常時発動型　魔力消費０　魔力補正

◆その他／特殊

【神託】Ｌｖ１　職業〈神官(プリースト)〉専用加護スキル　女神達(たち)からの言葉を授かることができる　使用条件１日に１度のみ　任意発動不可　魔力消費０　魔力補正
【神通】Ｌｖ２　職業〈神子(みこ)〉専用加護スキル　女神達と意思の疎通を図ることができる　使用条件１日に１度のみ　使用制限時間２分　魔力消費60　魔力補正Ⅱ

◆その他／魔物
【突進】Ｌｖ４　前方に向かって能力値２２０％の速度で突進する　移動範囲は任意指定　最大距離５ｍ　消費魔力11　敏捷補正
【噛みつき】Ｌｖ３　任意で１秒間、噛みつく所作に能力値１８０％の補正を行う　魔力消費７　魔力消費５　筋力補正

◆その他／魔物（使用不可）
【粘糸】Ｌｖ２　使用不可　魔法防御力補正

●ボーナスステータス値

各スキルの隠し要素としてボーナスステータス値が存在
ステータス値が確認できない住民は当然として、ステータス画面上でも表記されないため、検証していかないとスキルそれぞれのボーナスステータス値は分からない

スキルレベル1……対応能力（＋1）
スキルレベル2……対応能力（＋2）
スキルレベル3……対応能力（＋3）
スキルレベル4……対応能力（＋5）
スキルレベル5……対応能力（＋10）
スキルレベル6……対応能力（＋30）
スキルレベル7……対応能力（＋60）
※魔力は2倍　魔力Ⅱは4倍

●スキルレベル上昇に必要なスキルポイント必要分（女神様への祈禱）
0↓1……2ポイント
1↓2……4ポイント
2↓3……12ポイント

●レベル上昇による各能力上昇値
レベル1～10……各種能力値は1レベル上昇で各種3上昇、魔力量だけは6上昇
レベル11～20……各種能力値は1レベル上昇で各種4上昇、魔力量だけは8上昇

●未取得からスキルレベル1の必要経験値を『100』とした場合のスキルレベルと必要経験値、及び魔物から得られるスキル経験値の関係性（推定値）
スキルレベル1取得に必要な経験値は100
スキルレベル1所持魔物から得られるスキル経験値は1匹当たり20
スキルレベル1から2に必要な経験値は200
スキルレベル2から3に必要な経験値は600
スキルレベル3から4に必要な経験値は2000

スキルレベル4所持魔物から得られるスキル経験値は1匹当たり400

スキルレベル4から5に必要な経験値は20000

スキルレベル5から6に必要な経験値は60000？

スキルレベル6から7に必要な経験値は200000？

あとがき

この度は、『行き着く先は勇者か魔王か　元・廃プレイヤーが征く異世界攻略記』の2巻をご購入いただきありがとうございます。

作者のニトです。

まずこちらはあとがきですので、本編をお読みになったあとに目を通されていると想定しています。

まだの方は先に本編を。ここより先はネタバレに繋がりますのでご注意ください。


さて、いきなりですが、2巻はいかがでしたでしょうか。

この巻から二択を迫られた主人公ロキは、『女神を下界に降ろさない』という選択肢を選び、原作WEB版とは異なる道を歩んでいきます。

RPGと言えば、兎にも角にも『お金』と『経験値』。

より貪欲に、よりストイックに。

代償として、けしからん要素が遥か彼方まで吹き飛んでしまったような気もしますが、まぁそれは置いておくとして。

ひたむきに強さを求めながら、少しずつ広がる世界の中で何を見出すのか。

『成長』していく主人公の姿を今後も応援していただければと思います。

また同日にコミック1巻も発売となります。

その中に含まれているSSはロキの『廃神』時代を描いたモノで、私が言うのもなんですが読み応えのある内容に仕上がっているはずです。

しかもこのお話、ファンタジー小説として脚色はしておりますが、過去の実話を元にしている部分も多かったりします。

短編として終わらすか、続編を書くかは未定ではありますけど、ぜひこちらも楽しんでもらえると嬉しいです。

それでは皆様、また3巻でお会いしましょう！

作品のご感想、ファンレターをお待ちしています

あて先

〒141-0031　東京都品川区西五反田 8-1-5 五反田光和ビル4階
オーバーラップ編集部
「ニト」先生係／「ゆーにっと」先生係

スマホ、PCからWEBアンケートにご協力ください

アンケートにご協力いただいた方には、下記スペシャルコンテンツをプレゼントします。
★本書イラストの「無料壁紙」　★毎月10名様に抽選で「図書カード（1000円分）」

公式HPもしくは左記の二次元バーコードまたはURLよりアクセスしてください。
▶ **https://over-lap.co.jp/824004697**
※スマートフォンとPCからのアクセスにのみ対応しております。
※サイトへのアクセスや登録時に発生する通信費等はご負担ください。

オーバーラップノベルス公式HP ▶ **https://over-lap.co.jp/lnv/**

行き着く先は勇者か魔王か
元・廃プレイヤーが征く異世界攻略記 2

発　　行　2023年4月25日　初版第一刷発行

著　　者　ニト

イラスト　ゆーにっと

発 行 者　永田勝治

発 行 所　株式会社オーバーラップ
〒141-0031
東京都品川区西五反田8-1-5

校正・DTP　株式会社鷗来堂

印刷・製本　大日本印刷株式会社

ISBN　978-4-8240-0469-7 C0093

【オーバーラップ　カスタマーサポート】
電　　話　03-6219-0850
受付時間　10時～18時（土日祝日をのぞく）

OVERLAP NOVELS

とんでもスキルで異世界放浪メシ

江口連　イラスト：雅

――その男、
異世界の胃袋を鷲掴み!!

「小説家になろう」
2億PV超の
とんでも異世界
冒険譚！

重版御礼！

シリーズ好評発売中!!

「勇者召喚」に巻き込まれて異世界へ召喚された向田剛志。現代の商品を取り寄せる固有スキル『ネットスーパー』のみを頼りに旅に出るムコーダだったが、このスキルで取り寄せた現代の「食品」を食べるととんでもない効果を発揮してしまうことが発覚！
さらに、異世界の食べ物に釣られてとんでもない連中が集まってきて……!?

8歳から始める魔法学

上野夕陽 Yuhi Ueno
[illustration] 乃希

コミックガルドで
コミカライズ
決定!!

この世界で僕は、
あまねく**魔法**を
極めてみせる!

その不遜さで周囲から恐れられている少年・ロイは
ある日、ひょんなことから「前世の記憶」を取り戻した。
そして思い出した今際の際の願い。第二の生をその
願いを叶える好機と考えたロイは、魔法を極めること、
そして脱悪役を目指すのだが……?

OVERLAP NOVELS

OVERLAP NOVELS

コミックガルドにて
コミカライズ！

ダンジョンバスターズ

Dungeon Busters

I am Just Middle-Aged Man, But I Save the World Because of Appeared the Dungeon in My Home Garden.

中年男ですが庭にダンジョンが出現したので世界を救います

篠崎冬馬

Illustration 千里GAN

全666のダンジョンを駆逐せよ！
できなければ——世界滅亡。

庭に出現した地下空間に入ったことで、世界滅亡を招く「ダンジョン・システム」を起動してしまった経営コンサルタントの江副和彦。ダンジョン群発現象に各国が混乱する中、江副は滅亡を食い止めるため「株式会社ダンジョン・バスターズ」を設立し……!?

異世界へ召喚されたキダンが授かったのは、《ギフト》と呼ばれる、能力を極限以上に引き出す力。キダンは《ギフト》を駆使し、悠々自適に異世界の土地を開拓して過ごしていた。そんな中、海で釣りをしていたところ、人魚の美少女・プラティが釣れてしまい——!?

只今
骸骨騎士様
異世界へお出掛け中
Ennki Hakari
秤猿鬼
illust. KeG
目立たず過ごす——はずだったのに!?
最強の骸骨騎士による
無自覚"世直し"異世界ファンタジー、
ここに参上!!
目覚めると「見た目は鎧、中身は全身骨格」のゲームキャラ"骸骨騎士"の姿で異世界に放り出されていたアーク。目立たず傭兵として過ごしたい思いとは裏腹に、ある日、ダークエルフの美女アリアンに雇われ、エルフ族の奪還作戦に協力することに。だが、その裏には王族の策謀が渦巻いており——!?
大ヒット御礼!
骸骨騎士様、只今、
緊急大重版中!!
OVERLAP NOVELS

コミカライズも
大好評!
「小説家になろう」で
絶大な人気を誇る
人外転生
ファンタジー!!

最弱(スケルトン)から進化でめざす

最強冒険者!

丘野 優

イラスト:じゃいあん

望まぬ不死の冒険者

いつか最高の神銀級(ミスリル)冒険者になることを目指し早十年。おちこぼれ冒険者のレントは、ソロで潜った《水月の迷宮》で《龍》と出会い、あっけなく死んだ――はずだったが、なぜか最弱モンスター「スケルトン」の姿になっていて……!?